钢厂

孙方杰 ○ 著

山东文艺出版社

引篇：题记

　　刚满17岁，我便以劳动局统一招工的方式进了工厂，在一个炼钢车间浇钢工序从事繁重的体力劳动。那时候我瘦小、纤弱，却昂扬着青春的斗志。我追逐着时代的潮涌，彰显着那个灿烂的年龄所寻觅的一切。我穿一尺三寸的喇叭裤、大红色的蝙蝠衫，烫着面包头，提着录音机，背着吉他，自行车上载着女同学，去郊外野餐，看流水不腐，渴望心爱之人倾听我的吹嘘，护理我的伤口。我爱旅行，常常买上几个硬面火烧和辣疙瘩咸菜，独自去青岛看大海。我热爱诗歌，也热爱钢厂里的人和事，我愿意在时光里留下奔跑的气味，也愿意与工友们分享读书的快乐。

　　工作中的紧张与繁忙，下班之后的自由与欢畅，无非是世上的修行。我释放着生命中的喜怒哀乐，我与那么多的人萍水相逢，又与他们匆匆别过。我恣意纵容自己的青春，让它在友情、爱情和孤单里，一再地沉浮埋没，我收起自己的私欲，让它在禁忌和约束中散落。我在钢铁上翻身，钢铁下传来的欲念不住地冲撞我的耳朵，并指导我在痛苦的思索和选择中，超越一个个日夜。

　　因为命中注定的机缘，我有了在钢厂的劳作和快活，也有了生命的历练与磨合。我向青春致敬，也与此后的岁月握手言和。在流逝中，在升起和沉降中，与有过一面之缘的人，或者结伴而行的人，当得宿命，苦中作乐，一同缘起，一同缘灭。

诗歌：一

从1985年到1993年，我的生命里
每天都涟漪出钢铁的擦伤
往事在我的身体内部，打洞，潜藏
散发着寒意，犹如秋霜降临
一次意外的事故，有工友的身躯
化作了钢炉里的一缕青烟
这样的情节，毫无预料地重演
像一部错过开头的老电影
对于他的生，我一无所知
对于他的死，很快就会成为
一段风干了的旧事
这样的凶险，我曾经面临多次
能够活着，对每一个人，都属侥幸
仿佛每一次下班都是劫后余生
车间的安全生产会，每天都在进行
车间主任无限次地重复着，工段长
苦口婆心地强调着
但是生产事故，依然时有发生
对于这些，似乎成为一种常态

钢厂

每当我为此哀伤,钢铁
就会在我的身体里打上一个又一个补丁
那些明亮的铆子,一枚一枚地铆上去
一锤一锤地击打我
让我时常发出,一声又一声地嚎叫
听上去,喉咙里仿佛有着太多
金属质地的嘶哑

诗歌：二

生铁和矿石，在熔炉里
皮肉成水，氤氲着硫黄的气味
转炉车间外边宽大的货场上
垛满了黛色的钢锭
不久之后，轧钢机就会
轰轰隆隆地把它们吞没
各种的型材会沿着公路，或者铁路
奔赴自己的使命。不久之后
它们还会沿着原路
回来，以赴汤蹈火的气势
在炼钢炉里，生出新的胚芽

在废料场，我遇见了回来的钢铁
它们满脸疲倦，带着暴烈的喘息
和奔波了一生的酸楚

上料斗整装待发

散章：壹

　　我在钢铁的庭院里，看朝阳升起，云蒸霞蔚；我在一块废旧的钢铁上，看日暮西沉，晚露回家。风有点凉，风吹起了一粒粒沙尘，轻轻地落下来，在炉台上，那么轻，那么轻地落在了生活的最低处。

　　钢铁必定有着自己独特的思考，像一个独行侠，像漫步在钢铁庭院里的我。

　　思考命运，思考爱情，思考生活，思考炉火之外跃动的钢花。炉火外跃动的钢花哟，开得竟然如此俊美！

　　它的美，让万物痛不欲生。

手记：01

　　受炉火的邀请，有两颗星辰在钢铁的庭院里闪现，一颗靠在我的膝前，一颗挂在我的齿边。这两颗星辰的全部光明是为了走进钢铁的脉络，让车间里的事物得到无比安全的依托。

手记：02

举起一块钢铁，天空会布满云霞；在钢铁上镌刻誓言，四海会为之翻腾；对钢铁说出爱，大地上就会流淌激情。我将我的全部祈求，埋伏在钢铁的洞房里，那些红色的嫁妆，曾经促使我成为一个令玫瑰流芳的人。我在炉口的焰火中挺立，似乎钢铁已经把属于我的爱情归还给了我。

钢厂

诗歌：三

只要我随意走动
就能路过成排的钢铁
无论是在我十二平方米的居室
还是通往远方的大道上

原地踏步的时候
也常常伸手可及
如同相爱相亲的兄弟
没有隙缝让我穿过
也没有攀登的可能
随便迈动一下脚步
就能看到岁月漫长，积垢如垒
我不断地吹去上面的浊秽
并喝下无休止的渴望
要干的事情还有很多
如这成排的钢铁
满目皆是。由于冶炼
我的世界整日弥漫着火焰

就这样活着
先是身体燃烧，然后是灵魂
闪烁着钢花

散章：贰

在钢铁的庭院里，我孤独地站立，始终想把自己彻底地打开。即使我没有像钢铁那样发出金属的清脆震响，但我依然想发出自己的声音，尽管不是那么凝重。

我把自己打开，释放出心中的欲火，像一大团燃烧的云彩，企图把我的青春烧裂。在钢铁里，我毫无顾忌地奔跑，以躲避厄运的追捕。

然而，与熊熊的炉火相比，我的欲念燃烧得还不算强烈。其实，燃烧得强烈或者不强烈并不重要——

重要的是一个漂亮的姑娘捧着一件钢铁制作的精美器皿，进入了我的视野。

散章：叁

在钢铁的庭院里，我坐下来，坐在一块钢锭上，发呆，遐想，冥思。庭院里有些喧嚣，所有的一切都有些烫人。流动的微风，摆动的树叶，摇拂的野草，影影绰绰的尘埃，都令人不敢触及。庭院里有些静，庭院的南边是一座监狱，北边是一所学校（都是在度人，选择了两种截然不同的方式）。假如罪恶能够皈依善良，知识能够消除凶孽，就让他们都到钢铁的庭院里来吧，和我一起坐着，一起把身子底下的钢铁熔化。

坐在一块钢锭上，发呆，遐想，冥思。我在钢铁里觉醒，不断地怀疑和否定自己，伴着无尽的痛苦和孤独。被年华淘洗得褪了色的岁月，企图抢走我飞扬着的一段情缘。

然而，这不能。

穿过尘世的烟云，坐在我坐过的一截钢锭上。风对我说：你向四周抓一抓，看看能够抓到什么？我伸出手，抓来抓去，抓了一千回，又抓了一万回，我依然两手空空，我有的似乎只是身下的一截钢铁。

我苍茫的人生啊，我每天都在融化的岁月！

手记：03

有时，我把自己所有的心事向钢铁倾诉，有时故意对它隐瞒，假装是一块很有城府的矿石。我关闭的越多，钢铁给予我的就越少。

手记：*04*

上班第一天，分配给我的工种是浇钢甲班平板工。班长领着我到工作地点，边为我示范边说：活儿很简单，三分钟就能学会，拴上块骨头狗都会干。看班长干活的样子，我忍不住笑了。

手记：05

尹师傅唱：什么时候才等到你的温柔，而你已住在了我的梦，从未失去也不曾让我拥有，我爱你爱你却难以开口，只好偷偷地走在你身后。最后这句他反复地唱，张师傅问我：尹师傅前面那个人的手里，是不是拿着一块骨头？

诗歌：四

我的师傅都是一些很容易满足的人
他们过着很贫穷的日子，说着很积极的人生
他们像打洞的田鼠，或者
拖着昆虫的蚂蚁。生活的迷局
对他们而言，一千个日夜
就是一个日夜。而生活的反面
有时会有些起伏，比如有人结婚
有人过世，这些事情会在他们的生活里
留下微小的波澜。像一滴油漆
落在了生活的立面上，涂上一点颜色
时而红色，时而黑色
时而发现，身上重重地压满了白色

钢厂

诗歌：五

我的确发过这样的誓言，一定要
为自己的人生，杀出一条血路
我是一个不安于现状的人
我手执钢铁，怀揣梦想
那一年，我十八岁，或者二十岁
在钢铁的庭院，一个昏暗的车间里
我经常拆下自己的一根骨头
送到熔炉里冶炼，浇注，凝固
然后，再拿到时光里用力打磨
我怀揣的梦想，被时光的砂纸
打磨出来的这块钢铁
像一块琥珀，用自己的光芒
环绕我的愿望，从这个到那个
从那个，到全部，它容下了我的坚守
如同容下了我多年的狂野

手记：06

初入钢厂的快活，不言而喻。每月33元的基本工资，加上中班费和夜班费，还有洗理费、特殊工种补贴等，一共能发46元钱，每月留取6元的零花钱，买10元的饭菜票，5元钱的车间互助基金，剩余的25元交给母亲添补家庭生活。

有一次，把工资忘在了更衣橱里，忽然想起来的时候，已经晚上九点多，便急头躁恼，忐忑不安，那种感受无法用语言形容，比那40多元钱丢了，都令人沮丧。乘坐十点半上夜班的班车，赶到厂里，看到更衣室的大门锁着，似乎放心了些。又乘坐十二点半送下中班的班车回家，折腾到两点多。第二天上班，急三火四地赶到更衣室，打开更衣橱一看，钱安然无恙，数了又数，那一刻的心情，也是无法用语言形容，仿佛好大的一笔财富失而复得。

钢厂

诗歌：六

记叙爱情似乎是青春的必然
那时候，钢厂的姑娘
少得可怜。开航车的有两个
幼儿园里有一个，实验室里有两个
医务室里有一个，据说
制氧车间还有三个。有一段时间
我和开航车的白小梅手牵着手
出去，勾肩搭背地回来。
还有一段时间，幼儿园的李捷
发誓一定要为我生一大堆孩子
从1985年到1993年，我在钢厂的
两次爱情，开始于莫名其妙
结束于不了了之
"每个人都是自己的魔鬼"
白小梅说下的这句话
把我打成了一个青春的囚徒

散章：肆

  在钢铁的庭院里，我像一个幽灵，迅速地游走。我要找寻什么：昨天的失落？明天的希冀？情歌的根，抑或是一只喜鹊的嘴唇？

  风呼呼地刮着，吹得我站立不稳，跟跟跄跄的步伐里，有没有一丝铿锵的成分？

  钢厂的事物忽明忽暗，刺激着我的神经，使我觉得不知道身在何处。若不是熔炉里喷溅而出的钢渣闪着红的光，若不是师傅们那一声声热血沸腾的号子震动着楼宇，我惴惴而动的心怀，很容易在这个纷乱的年代里迷失。

  在钢铁的庭院里，我像一个幽灵。游荡。徘徊。找寻。然而，很多的东西已经找不到了，渐渐地远离了我们，消失得了无痕迹。很多的事物在我的记忆里，留下了一道很轻的划痕。布票，粮票，煤票，肉票，诚信，至亲的兄弟姐妹……在时代的熔炉里已经化为灰烬。随之而来的新鲜事物，让我更加迷离。万元户，洗头房，诈骗，官倒，股票，假冒伪劣，豆腐渣工程，腐败大案，环境污染，黑恶势力，官商勾结……新鲜的事物接踵而来，令人目不暇接。我来不及向旧的事物挥手告别，那么多新的事物也不容我说一声欢迎，就成了不速之客。在这个路口，我站了很久，离去的和到来的，在我的身边匆匆而过，不肯停留。它们有的早已经相识，不经意地打着招呼，而更多的都很陌生，陌生得有些无可奈何。在钢铁里，我想得到尊严，却连最起码的尊重也没有得到。我曾经在钢铁里祈求的太多，而钢铁却对我的生活不管不顾。我曾经以为钢铁会治愈我的创伤，只要伤口不痛了，那些流言就会终止。

有时候，我只好在钢铁的庭院里跪下来，跪在一块通红的钢锭上。在日出之前，我一定要找一个安身的地方隐藏起来，隐藏下来的还有我的澎湃的久久不肯安定下来的心。啊，流逝的不再存在，到来的带着一股难闻的花香。

在钢铁的庭院里，我像一个幽灵。而一个幽灵的心灵，已经无法钉进一根支撑的钢钉。

手记：07

　　钢铁是我苍茫病痛中的一服中药。那些任由自己的生命置于雨水中而不顾的人，都将会在气脉的萎缩中遭受豪言壮语的毒害。如果钢铁的坚毅能够治愈我的软骨症，就让我在高山上走动。

手记：08

  工友姓由，青州人，是厂里有名的画家，笔名由甲。兄妹三人的名字分别是：由甲、由申、由田。

  落款时"甲"字的竖画，拖着长长的尾羽，与隶书名帖《石门颂》里那个"命"字的竖画神似。

手记：09

航车挂钩断了钢丝绳，从天而降，几乎是贴着李师傅后背落下来的，砸在地上的大坑边缘，离李师傅的脚后跟，仅有十几厘米。几百斤重的大钩，加上降落的加速度，多亏是向着相反的方向倒下，否则，后果不堪设想。听到哐当的一声巨响，我们都吓得屏住了呼吸，倒吸一口凉气，呆了一般。缓过神来的李师傅抬起头对着开航车的冯师傅嘶喊：想让我请客，说声啊——！吓唬我干什么？差点尿了裤子。

又过了很长一段时间，冯师傅才颤颤巍巍地从航车上下来，裤脚上还洇着水渍。

钢厂

手记：10

这里有钢铁
有钢铁
有钢铁

有钢铁的影子
有影子
有影子

在我前
在我后
在我左
在我右
在我斜着的任何方向
任何方向
任何方向

钢铁在我正上方
我连影子也没有
没有

没有
没有

钢铁不在我身旁
我连影子也没有

没有
没有
没有

钢厂

诗歌：七

卷曲的钢铁是工友们的缩影，像一张被太阳
暴晒的胶卷，弯转的形状
宛若我们的生活。钢水，钢花
钢锭，和用钢铁敲打钢铁的人
都在一个沸腾的夜晚里，和着生产的热潮
钢铁的庭院很小，而六指、陈一眼、瘸五
李大傻、刘半吊，这些身体有着残疾的人
因为肯下力气，钢铁给了他们高过天空的欢乐

在钢铁的庭院里，我更像一抹远道而来的铁屑
很轻，有时候我无法感觉自己的分量
钢铁流淌，钢花与我肌肤相亲
它们跳跃着，无论是在白天
还是在黑夜，都能留下一道闪着温暖的弧线
照耀我的懦弱和孤单，在车间
偌大的空茫里
照得我忘却了大雪初降时的凛冽。

诗歌：八

如果大雨淹没家园，我愿意站在钢铁上
如果钢铁生锈，我愿意穿上新衣服
如果你给我一些嘱托
那么，我愿意跟着你翻越作过标记的山麓

如果你对环境生疏，我愿意重新寻找
如果伸手可以摘到青果，我愿意
给你留下桃花的妖冶。如果情欲是一种需求
我愿意静下心来，看美人挥剑演出

如果允许，我在一个小镇上住下来
从此不再出发，如果需要一个铁匠铺
我就再造一座炼钢炉
从此与你一起，心中怀着光明
双臂环抱幸福。

诗歌：九

钢厂

太阳在钢铁厂撒下了桃花一样的红

钢花闪耀着，沿着转炉车间的一小圈光线

举行着一场亮晶晶的舞会

巨大的车间里，一切都很安详

透过钢铁丛林，黄昏已经越来越深

越来越像一块蜡染的布

罩着车间里动态的和静态的事物

最年轻的一群技工，脸上镌刻着自信

执着，张狂。黄昏的光

和炼钢炉里的光，落在他们的身上

静美，深邃，而又散发出一片桃花的芬芳

钢厂蒸蒸日上，湮没了工友们

活在低处的哀伤

手记：*11*

在一次事故中，陈师傅的右眼受了伤，彻底失明。为此，厂里把他从车间一线调到了检验室。一次，他到车间检查钢锭质量，看到一炉钢锭有瑕疵，根据上面书写的班次，把他曾经的徒弟，浇钢甲班的李班长叫过去：这炉钢不合格！

李班长：这么好的钢，怎么可能不合格。还没化验，用肉眼怎么能看得出来？

陈师傅：氧大了。气泡这么大，还不是一目了然。

李班长一看露馅了，连忙说：哎，哎，陈师傅，你就睁一只眼闭一只眼吧，不然会扣我们的奖金。

陈师傅抬头看着李班长，很生气地说：睁一只眼闭一只眼？哼，你敢骂我！

李班长一脸尴尬地笑：你自己还说一目了然呢。

浇钢场景

手记：12

保卫科查单身宿舍，主要是查用电炉子做饭、烧水、取暖等问题。这天李洪九值班，查到某宿舍，敲门后问：谁在里面？开门。只听里面回答：我啊，李洪九。李洪九在外面茫然了一阵，再敲再问，里面还是回答：我啊，洪九——！敲急了里边说：连我李洪九也不认了吗？都是保卫科的，敲啥呀敲！

手记：*13*

晨会上，工段长接连批评了好几个人，并且很严厉。会后张师傅对我说：丁段长昨天晚上的性生活，是不是不愉快呀，要不今天的脾气怎么这么大。

手记：*14*

一个男工和一个开航车的女工吵架。男工：你下来，你敢下来我就……？女工：我下来怎么了，你敢顺着茬劈了我啊。

钢厂

诗歌：十

站在过街天桥上
看飞驰而过的汽车
看逐渐长高的楼群
我觉得，那就是钢铁的人间烟火
这时我的心情就开始放晴
我想，或许是因为一种眷恋
或许是我辨认出了过去的一段光阴
拿起一件钢铁器皿，我说
我看到了钢花的簇动
别人就会笑我："难道人生的意义
取决于幻觉的深度。"
就这样
我常常为时间刷上新鲜的油漆
为生活凿下一小块肋骨
呈现在钢铁面前，我的双手
沾着太多的温暖

散章：伍

1

师傅，世界因钢铁而在一瞬间变得芳馨而美丽，和着阳光的气息，给大地铺上了一层石榴花的嫣红。

师傅，有人说你是一头在大漠里行走的骆驼，在钢铁厂一片空旷的沙土上跋涉，用自己深深的足迹，测量劳动与汗水的距离。一步一个脚印，在深深的足洼里，植上一株葱茏。于是，在你的身后留下了一片郁葱的绿洲，无边无际。

尽管你在钢铁的庭院里居住很久了，疲倦也曾蹙在额前，可你的眼睛始终盯着通红的炉火，仿佛盯着被太阳映红的半穹云霞，那就是你的归宿吗？

2

师傅，自从你钻出那片沙沙的玉米地，弹掉裤脚上的最后一块泥巴，命运的风就注定在——

你平展的额头上刻一道带火的皱纹。

可是，那个时候，你不相信命运。师傅啊，你——决——不——相——信！

是的，你不相信种子会有假的，只有不去耕耘的人，才永远守候着一堆秕谷；你不相信大漠里没有生命，只要至诚地呼唤雨露，就会有收获的喜悦。

3

或许是因为你的信念和毅力，激起了风的嫉妒，成群的铁矿石摆起了一副不相容的面孔，企图吞没你燃烧着的激情，阻挡你原本很艰辛的步履。

师傅，再过了这个沙丘或许就是沙漠的尽头了，那边有燃烧的云朵，灿烂的星斗，汹涌的大海，和你想过上的富足生活。

于是，你说，我们炼钢的人，就要有钢铁一般的胸膛，再艰辛的日子也要挺住。

4

那天早上，你从命运的跌倒处又一次爬了起来，暖暖的炉火与你撞了个满怀，于是，你一把揪住了这个美好的日子，继续奏响了你每天都吹奏的岁月的古琴。

琴声悠扬。年轻美妙的曲调从炼钢炉里悠悠传出，钢花是跳动的音符，钢筋是铮铮的琴弦。师傅啊，你说你要终其一生把自己炼成一块坚硬的钢铁，我知道，这就是你与生俱来的生命之重。

手记：*15*

实行承包经营之后，各车间生产热情高涨，产量屡创新高，曾经以每周发一次奖金的形式，鼓励干劲。每周发几十块钱的奖金，就像发了大财一样，足以令人喜极而泣。我在的转炉车间，甲班出钢12炉，乙班就能出到14炉，到了丙班，就飞升到17炉。17炉就觉得到顶点了，但某一个夜班达到了21炉，大家直嘘：都疯了，没法超越了，这种干法，即使人受得了，机器也受不了。就在大家长吁短叹之时，一个班28炉的喜报，贴满了车间。在奖金的刺激下，产能得到了超过设计能力的发挥，比承包经营前的每个班五六炉，翻了五倍多。

于是，有人用红油漆在车间的一根立柱上写上：多炼钢，多挣钱，少炼钢，不拿钱。字迹下边的那些陈旧字痕，仍隐约可见。

手记：*16*

炉台上升起一段优美的歌声，初恋的小鞠，满心欢喜。他恨不能用钢水洗他的脸，让爱的热度陡然升高，他甚至想让手中的钢铁，在爱的炽热中，变成黄金。

诗歌：十一

人们已经不爱惜自己了

他们喜欢接受礼物，这种有毒的诱饵

装作醉鬼，说言不由衷的话

听信飞虫在牛奶里，诉说富有

善于巧舌，在荒谬中寻找逻辑

越过头顶上的三尺神明

在羞耻中追求意义

而钢铁不能，化学成分

和物理性能，都有着和钢铁一样

有硬度的指标。进入火焰的中心

锰、镍、钒、铬、钼、硅、钨

铝、磷、硫、碳、氧的含量

就是真理；拉伸的力度

和坚硬的强度，来不得半点含糊

然而，自从钢铁做了枪炮的身躯

炸药的衣裙，坦克的铠甲

以及导弹的助推器

钢厂

钢铁就再也不纯洁了

人们不爱惜自己了。仿佛春天里觅花的少女
向枯萎打起了敬礼

诗歌：十二

一阵钢铁击打钢铁的声音，一阵钢铁断裂的声音
还有铁水流淌的声音
在钢铁的庭院里，历久弥新

七筐火焰在炉台上摆开了架势
十二朵钢花擎着内心的秘密练习了一小阵飞行

火焰蒸腾，烤熟了炼钢工人的愁苦
钢花闪耀，钢铁厂里日渐兴旺

抽我的脊骨呀，把火焰拨得更亮；抽我的血液呀
把钢花浇灌在去往春天的路上

那么，就把炉膛的门扉打开吧
顺便把钢包的宫口合上

散章：陆

在钢铁的庭院里，我仰面躺着，让自己的身体更多地触摸大地。

大地清凉。天空高远。

现在，我把钢厂的清晨放在手上，把人们的欲念置于脚下，大千世界和我的生命就已经不重要了，一切都可以置之度外。

我就这样仰面躺着，思着，念着。

现在，我只想邀请寒冷的事物到钢铁的庭院里取暖，南极的企鹅，北极的冰熊，倒春寒里的庄稼……就都成了我的客人；那些失恋的，被遗弃的，乞讨的，被骗的，被冤枉了的，遭了灾的，上不起学的，看不起病的……都是我的座上宾。我多么希望他们结伴而来，一起围着温暖的炼钢炉烤火。

躺了很久了，我并不知道时间已经更替，白白的日光被夜的手刷上了黑黑的颜色。一个打手电筒的人，来到我的身边，她是一个大龄姑娘，挺着诱人的胸，蕾丝花边的胸罩上，还残留着丰乳膏的油腻，她说：看我这对大胸脯子，这是女人的本钱。我知道她依然深深地爱着她的心上人，不能自拔；接着来了一个瞎子，弹着一把吉他；一个聋子，手里提着一个喇叭；一个刑满释放的人，来自钢厂南边的第三监狱，他两手空空，心灵上还戴着枷锁；一个牧羊人，手里攥着七根羊毛，他说他的羊群不见了；

一个孩子到来了，他说他没有了爷爷奶奶，爸爸妈妈都到外地打工去了，他跟着姑姑在家生活，他问我，自己算不算是个孤儿？我知道我实在无法回答。这么多的人先后来到钢铁的庭院里，可是始终没有我特别邀请的那位姓孙的哑巴。

在钢铁的庭院里，我仰面躺着，在黎明悄然来临的时候，把那封写给寒风的邀请函，紧紧地压在了身子底下。

手记：17

把三间屋看成风匣，把火车看成一间半屋，是对庞师傅近视得太厉害的描述。但他篮球打得极好，全凭感觉。球从后边来了，不用回头，伸手就可接住。有一次我问他：能看到篮球筐在哪里吗？他说：能看到篮板的大概位置，篮筐呀，一定会在篮板上。

手记：*18*

有一天夜里，我听到了钢铁的呼喊
我跟着一起喊："未来下落不明
危险来到眼前。"后来钢铁沉默了
我一个人，在空旷的车间里
撕心裂肺地喊，带着血丝的声音
使已经沉静下来的钢铁，即将生锈一般
躁动不安。于是钢铁接着喊：
"梦想空腹行走，愁苦忽后忽前"
在这样一个夜晚，我把喊哑了的喉咙
打开，我看到
里面盛着好几箩筐冶炼钢铁的火焰

手记：*19*

　　一个工会干部写在办公室小黑板上的警句，讥讽厂里的某些领导：墙上芦苇头重脚轻根底浅，山间竹笋嘴尖皮厚腹中空。

手记：20

工会组建艺术团，吴师傅任团长，他的理想是：让全厂的每个女工都能熟练地掌握一件乐器，都到艺术团里来。

诗歌：十三

我很想知道一块钢铁的高度
它是不是像时光一样幽远，我很想
把我出走了的灵魂赎回来
连同沿途风干了的那些人生的苦痛
我不愿意付出很多，我所有的财富
仅仅是手中的一块钢铁。太多生活的欲望
让我渐渐矮小，矮过了钢铁上的一个锈斑
假若我继续矮，矮过
锈斑里的一粒尘埃，只要还在钢铁里
我就不会卑微。我挺胸
昂首，我很想摸一摸钢铁的额头
我用尽了全身的力气
仅仅摸到了钢铁的胸口

手记：21

车间规定：午饭后不允许躺在连椅上睡觉。

这天，张师傅躺在连椅上睡觉被车间主任抓获。张师傅：我可没躺着。车间主任：没躺着？你刚才是什么姿势？张师傅：什么姿势？我这是顺着连椅站站，你没看到这是顺着连椅站立的姿势吗！

钢厂

手记：22

有一师傅，我们都叫他谭忙活。他做事总是两三件同时进行。比如早上送孩子上幼儿园，让孩子在自行车大梁上坐着，他一只手扶车把，一只手拿着一把油条，自己吃一口，然后低头给孩子喂一口，嘴上还说：抓紧吃，争取到幼儿园门口吃完。到了车间门口还得接二连三地问：生产情况怎么样？夜班炼了多少炉？遇到行人还得连忙打招呼。

手记:23

不要让炼钢炉变干,不要企图让劳作了一夜的灰尘,能够填平脸上的皱纹,不要让禁忌统治生活,统治那些失意的时刻,打开爱的炉口,群山就会携着矿石涌入炉膛。

散章：柒

穿过钢铁的庭院。

就似穿越迷人的晨曦，穿越一座万紫千红的花园。走进钢铁的庭院，抑或走进钢铁的思想之中，我能感受到生活的快乐和生命的意义。

其实，我在钢铁的庭院里已经穿行很久了。记得上路的时候，天空还下着太阳雨。我知道，穿越了钢铁的庭院之后，我的心灵就会明净如水，就再也不会留下阴森的暗影了。

从此，我灵魂的大树就再也不会被连根拔起。

诗歌：十四

不是你的介绍，一块钢铁成不了我的至亲
不是你的电话，一块钢铁成不了我的红颜知己
隔着熔炉的烈火，我感受着它浓重的呼吸

它可以把小草当成春天的情书
它可以把花朵当成咖啡厅里的嘱托
它可以约我到熔炉里，让我在烈火中重生

它的身体结实，意志坚强
它的脚步稳健，从不犹豫，从不哆里哆嗦
它深邃，热情，它让我毫不犹豫地
把我的心，安放在了它的家里

诗歌：十五

奶奶曾见过钢花的绚丽
她对锄头，铁锨和犁铧有着执着的热爱
那一年，奶奶对一个乡村铁匠倾诉出了内心的酸楚
那一年，铁匠用上蛮力打出的钢花
没有了往年的灿烂

我的钢花，在炼钢炉前彻底绚丽的时候
奶奶已经年迈。我看到，燃烧着的火焰
在空中展现她年轻时的愿望
世界创造出这种温馨，显露在人生面前
仿佛遥远的山顶上群星在闪

她的人生有过如此的绚丽
她是十里八乡有名的大家闺秀，村里有大片的土地
城里有作坊和商号
她一生勤俭，信奉菩萨，做过不计其数的善事

一束钢花的一生是迅疾的
仿佛就是那么一闪，在空中留下炽热的影子

就像我和奶奶的人间——
不是每个人都能够享受跃到最高处的绚丽
但是，每个人肯定会有每个人的绚丽

铁水注入炼钢炉

诗歌：十六

钢厂的大部分事物，已经记不清了
那些耸立在钢铁和火焰上的人和事
已被时光打磨得干净、陌生，而又扁平
一年又一年，我的双脚在虚无中走动
岁月留下秘密，而我两手空空
□□□□□□□□□□
□□□□,□□□□□□□□□
□□,□□□□□□
□□□□□□□□□□□
□□□□□□□□□
□□□□□□
□□□□□□□□□□
□□□,□□□□□□□□□
□□□□□□□□□
□□□□,□□
□□□□□□□□□□
□□□□□□□□□□□□□□□
我时常为逝去泪流满面，而钢铁
却无动于衷

钢厂

每一天,我都在渴望解脱
渴望隐蔽在走廊里的灯,会忽然亮起
让光明,照耀站在阴影里的人
我观望着,感觉过去了一千零一年
一些发生过的事情,仿佛没有发生
遗忘和虚妄,是我终生都在治疗的伤口
我是空白的填充物,填进去的
有我的固执,我的宽容,我的爱情
我的酒歌;以及我的唇红齿白
我的仗义执言,我的啜泣和叹息
这些消失了的生命痕迹啊,穿过了山高路远
穿过了波涛汹涌,穿过了沉寂的黎明
又穿过了我的灵魂,之后
它们去了哪里?岁月留下秘密
而我两手空空

手记：24

    好读书的吴师傅对我说，将来的人就一个字：骗、骗、骗。为了钱，人们会挖空心思，不择手段，甚至图财害命。

    没有庇护。我看到雨落在虚空的碗中
    起风了，黑色的星星
    带走白色的屋顶
    留下一个装满了谎言的去处
    天气更冷了，风在我身边
    又刮了很久

钢厂

手记：25

牛师傅喜欢下象棋，每天下了班总是以加班为由，下上几局才回家。有时候老婆在家等急了就会找来，然后一路吵架回家。后来牛师傅就把自行车放到后窗外，以备在老婆找来时跳窗择路回家，老婆找不到他自然也就回家了。有时候，我们会走近他悄悄地说一声：牛师傅，嫂子来了。看他跳窗而逃的落荒模样。再后来，他老婆知道了这个秘密，候在窗户下逮了个正着。我们称这一事件为：古有守株待兔，今有守窗逮牛。

手记：26

　　李师傅也是象棋迷。有一天晚上妻子发烧，他出去买退烧药，快到医院的时候，看到路灯下有人下象棋，就围上去观弈。后来有个人走了，他就坐下来对阵，一直到天亮。对方要回家了，李师傅才记起来，他半夜出来是为了给妻子买药。

钢厂

诗歌：十七

砂轮，砂布，研磨砂

钢铁的剖面，平整，光滑

我打磨着，日夜忙碌

我想磨一面镜子

一面钢铁的镜子，它明亮

安宁。我想用这面镜子

照一照我的生活

我的爱情。还要

照一照，人生的苦

时光的无情；照一照

人世的忙碌与烟火

人间的欲望和贪婪……

然而，在一个很深的夜晚

我把月亮照进去了

那么大的月亮，在我钢铁的镜子里

是一个很小的圆圈

紧紧地贴在我的脸旁。我和月亮

在一面钢铁的镜子里，相遇

但没有看到群星的闪烁

散章：捌

炉火的声音很热，夏天的小路很热。

沿着一条灌满炉火的小路，我又一次走进车间，走向炉台。

面对着一千八百度的高温，我举起钢钎，就像举着一把竹笛。我把它横在眼前，吹出夸父追日的每一个情节（对于火的追求有着同样的心情），于是，我看到那片妖冶的桃林再度开满了诱人心魄的花朵。随着一阵轻柔的风，花瓣和钢花一起，轻轻地向我飘过来，飘过来，一直飘进了我充满爱恋的眼睛。

我知道，我的汗水已经打湿了我劳动过的每一条手纹，面对一千八百度的高温，我把疲惫和焦灼狠狠地踢到身后。既然我倾心冶炼的钢铁，已在我辛苦劳动的音乐中成熟，那么，就收获吧，在钢花芳馨了的我被汗水漫透的夏天。

收获啊，面对一千八百度的高温收获。

手记：27

　　落实经济承包责任制，对企业管理机构及干部、分配、用工制度进行改革，并通过强化企业管理、推进技术进步、内涵扩大再生产等工作，改善了企业经营机制，提高了经济效益，1988、1989两年，全厂实现工业总产值10926.6万元，比1986、1987两年提高24.35%，实现利润1797.91万元，提前超额完成三年承包利润1650万元的指标，比1986、1987两年利润之和增加1036.08万元，上缴利税2971万元。

　　层层承包所带来的强体力劳动，一度令人无法忍受。承包前平板工定员6人，外加1个临时工辅助，每个班五六炉，每人平一块板。承包后减员到了4人，撤掉临时工，每个班到了25炉以上，每人至少要平六块板，平一块板的时间大约在50分钟。身边有通红的钢锭焚烤，脚下是温度极高的铁板烘烙，汗水无时不在浸透工作服，随之又被烤干，一个班透了干，干了透，需要大量的咸菜和水补充体能。一个班下来，工作服因为汗碱的硬度，能够立住。

　　每周一次的奖金激励，每月几百大元揣在兜里，也很惬意。于是，有人编了顺口溜：王厂长，真能干，两年交了三千万，工人流大汗，他说做贡献。流大汗，赚大钱，钢铁生产翻一番。翻一番，翻一番，再翻一番，又翻一番，翻来翻去，全厂上下乐翻了天。

手记：28

靳师傅结婚时分了一间半房，为了发家致富，他和老婆住一间，另半间用水泥砌成池子养鱼，弄得屋子里潮湿，无法生活。老婆实在忍无可忍了，问他：你是要我还是要鱼？靳师傅：要鱼，你走了我和母鱼过，妻妾成群。

于是，他老婆一怒之下回了娘家。由于不懂行，没多久，靳师傅的养鱼事业就寿终正寝了，无奈之下乖乖地把老婆从丈母娘家接了回来，感叹说：还是一夫一妻好啊！

钢厂

手记：29

　　钢花——没有花的蕊瓣
　　火焰的中心，却绽放玫瑰
　　如果不这样
　　爱情——就会和心碎
　　勾连——露出无边的悲怆

　　迫使一个人站在火焰的顶峰
　　俯瞰深渊

手记：*30*

BP机流行，在钢厂就叫拴狗绳，说这东西好啊，一唤就回来，跑不了。后来流行汉字显示，工友们又说，这东西更好，更听话。

钢厂

诗歌：十八

钢铁的院落，宽大，坚强
我的日子，软弱，虚妄，闪着
哀愁的光。时间的锋刃刈割我
犹如钢铁不断地把我击打
在潍坊钢厂一隅，我看
季节的更替，时光的衰老
万物的挥霍，秋风的歹毒
以及一个走远了又回来的人
他走的时候，手里拿着一把凿子
回来时手里握着一把铁锁
这些钢铁的器物啊，招领一位少女
抱来了流蜜的梧桐花，她躺在钢铁的庭院里
说了一夜醉人的情话
我想问一问，钢铁代表了什么
钢铁代表了什么啊，"爱情还是孤单
甜蜜还是纯洁……"

诗歌：十九

我不愿意说出——

钢铁在黄昏里的形状
也不能说一说清晨里的
钢花。或许，我既不能说出
钢铁的大，也无法说出
钢铁的小

——我迷失了
我很想找回那座盛开着芬芳的炉子

散章：玖

太阳是从钢铁里托出来的，钢铁是我们炼出来的。

为了坦荡，为了潇洒，为了豪迈啊——

我们炼钢铁，我们炼太阳。

一颗太阳，一块钢铁，在我品尝了心酸、矫健、壮美，在我品尝了失败、闪光、甜畅，在我品尝了汗水、三角肌、和力量——

——之后

用一腔奔腾不息的血液，用一双在炼钢炉里洗涤了无数岁月的双手，将这颗冶炼的太阳托出熔炉，红灿灿的，仿佛一个穿红色裙裾的美人，纵情地在钢炉里沐浴着圣洁的胴体。

手记：*31*

两块钢铁在空中碰撞
当当作响，似乎是在引领我
认清每个逝去的早晨

两块钢铁，吊在空中
又敲击了整整一夜
有人看到，我的过去
在风中变凉，有一阵疼痛
夹杂在一种忍受
一种气愤
一种自怜
一种担忧
一种怨恨
一种刻薄
一种沮丧
一种急躁
一种敌意
一种畏惧
一种警惕

钢厂

一种焦虑
一种寂寥
一种良知
一种理智
一种自豪
一种迷恋
一种享受
一种欣慰
一种倾慕
一种亲切
一种愉悦
一种仁慈
一种热爱
之中

两块碰撞的钢铁
叮叮当当地发出不同的声响
不知道哪块发出的力量
更强烈；哪一块发出的呼喊
更特别

被敲击的一块
暗自转换声调
慢条斯理地叙述
钢铁和我曾经的故事
故事的精彩程度
取决于风的力度

手记：32

　　于师傅腌制的咸菜很好吃，叫作老潍县腌法，大家让他买个大点的器皿多腌点。于师傅：好啊，哪天赶大集，我买个大海回来，腌满了，让全世界的人吃。有人插话说：还省盐。

钢厂

手记：33

几只蝴蝶落在了钢铁上，使钢厂有了一种乡村的味道。

手记：34

说环境污染的：

一群鸟儿飞过钢厂的上空，无论它们是什么鸟，也无论它们是从哪个方向飞来，只要从钢厂的上空飞过，就会变成一群乌鸦。

手记：35

在钢厂说一个人做事不靠谱：

东坡里逮一只野鸡，西坡里抓一只兔子，桑树上打一棍，柳树上没了皮，胡扯扯八咧咧，丈母娘死了哭姐姐。

诗歌：二十

这是一个钢铁的大家庭
父亲的名字叫熔炉
母亲的名字叫轧钢机
一大群的孩子，在钢铁的货场上
翻腾，在钢铁的天空下
跳舞。这么多年来，我看着它们
在父亲的体内孕育
从母亲的腹中降生
在我的怀抱里长大成人
男孩的名字叫：锋钢，低碳钢
高碳钢，不锈钢；女孩的名字
就叫：角钢，槽钢，扁钢
圆柱钢。风从它们的身边刮过
雨水从它们的额上流下
在潍坊钢厂，我上夜班
站在钢铁的家门口
大声呼喊，那么多的钢铁
抬头看我，仿佛看一个
外出归来的人，手里
提着对生活的全部眷恋

散章：拾

　　自从我拥有了钢铁之后，对于这个世界就不再奢求什么了，或者我根本就没有奢求什么。在炉台上，在钢模板上，在车间的任何一个地方，我总是静静地坐在一片很有姿色的钢铁林里，透过枝柯，看一看恢弘的天空，钢铁之光是怎样参差斑驳地落下来，很素雅地以一个恋人的姿势拥进我的怀中，于是，炉壁上的黑伤口便在绝美的微笑中酣畅淋漓地愈合了。

　　时已黄昏，一个牧童在钢铁的庭院里，在钢铁的丛林中，吹起了悠扬的竹笛，我知道，你又站在炉台的上面，挥舞着测温表，放牧钢花了。

　　于是，我毅然站起来，活动了一下有力的腰身，然后，被你放牧钢花的笛声唤走……

炉台测温

手记：*36*

我的命运是我自己选择的吗？我把自己交给了钢铁之后，整个世界已随它而去，钢铁凝结时，我选择了沉默，钢铁沸腾时，我放心大胆地欢畅——直到旷野上开满了喇叭花。

手记：37

有钢铁在心中，就不会轻易地向世界低头。我到处寻找新知，却把常识丢得到处都是，我所忽视的正是我所需求的。长久以来，我不断地向世界索取，我常常问：为了获取新知，我是抛却常识，还是将常识应用于新知？

手记：38

一块钢铁对我说：快回来吧，从钢铁里找回你的故乡，从钢铁里找回半醉的未来，从钢铁里找回因时代步伐太快而走失的灵魂。

当我走到钢铁的中心时，我把天地揽在了怀里，当我从钢铁里走出来，沉默成了我的中心。

手记：*39*

污染已经很严重了，连野草的生存环境都受到了威胁，我愿意和钢铁一起向万物道歉。

散章：拾壹

躺在钢铁的怀抱里，闭上眼睛，做一个钢黛色的梦，然后想奥斯特洛夫斯基用一支鹅毛笔，点燃了满腔激情，冶炼《钢铁是怎样炼成的》这部书。我想，一定有一抹粉红色的阳光照进了书里，每一页与每一页之间，都存放着一片静谧，并散发出人性最坚定的光辉。

躺进钢铁的怀抱，抚摸着钢铁黝黑的肌肤，一如童年时抚摸母亲的乳房。

钢铁是一支古老而又温馨的歌吗？

钢铁是一支永远流淌着甜红的童谣啊！

诗歌：二十一

我必须写一写酒，这列
穿肠而过的小火车，在人的脉络
血管，和筋骨中鸣着长笛，呼啸
奔跑。渐渐地
就像坐在了这列小火车上
晕乎乎的。旅行中可以选择
一小会的瞌睡，一小会的凝思
经常乘坐这列酒精号小火车的有
李师傅，人称三瓶盖
喝到第四瓶盖，就开始
长时间地飞翔；丁师傅
半斤酒下肚，就开始诉说
他爱过的一位姑娘，顷刻间
仿佛有一万朵玫瑰
在他的头顶上开放
不喝不喝又八两的陈师傅
常常在贴地刮起的尘土中
大声呼喊：看，我多像一个不明
飞行物。在潍坊钢厂，不喝两口

钢厂

似乎就不是一个合格的工人
而今,我喜欢乘上一列回忆的小火车
调头行驶,看一看钢铁的庭院里
沿途的风景,看一看
有多少人,在酒精号火车上看我

诗歌:二十二

我搬着一块钢铁上了火车
火车上空空的
就像我此刻的心。
火车上的风
是无家可归的风。
沿途看到了一些庄稼
和城市里的高楼大厦。
火车过处
枕木间开得更加旺了的野花
有着一种钢铁的俊美。
我怀里抱着钢铁
坐在火车上
火车向东行驶
把落日和我的心事抛弃。
突然,火车在一座钢铁的大桥上
遭遇了颠簸
我手中的钢铁飞了出去
落在铁轨上
清脆嘹亮的声响中
含满了生活的喑哑。

钢厂

散章：拾贰

1

在钢厂。

在钢厂停炉检修的一个日子里，我独上炉台，期待炉堂深处的温暖，为我化解一个冬天。

雪花就要漫舞了吗？站在炉台上，仰首而望，在那雪花的尽头，一个灿烂的春天已在路上，受炉温的怂恿我最早看到了花期的来临。

2

选择在最冷的时候远行，从一块冰的中心开始，在一场风雪的暴烈里移动。

然而，有这炉火一路相随，已经足够了。

行走的路上，我拥有温暖的缠绵，仿佛爱人的体温，从我走过的田野四周迎面扑来。

3

有人说炉火是一种浪漫，它会点燃爱情。

还有人说炉火是一种感恩，它可以奉献给朋友和亲人。

我想这炉火或许是滚滚红尘里的一种幸福，它包含着三份安逸，携带着七份富足，给予我的内心以甜蜜，仿佛咀嚼了一棵流汁的甘蔗。

钢厂

手记：40

有时候说着热爱钢铁，其实心里也生厌倦。

在人生的涉世之初，说一些言不由衷的话，有时候是口是心非，有时候是情不自禁。

手记：*41*

一块无比俊美的钢铁，在渴望上升。

给钢铁以翅膀，它在蓝天上飞翔；给我以翅膀，世界就会变得渺小。无论钢铁飞的多高，都将有一层一层的云彩做伴寻找天空上的路，无论世界多么渺小，我都将历尽世间疾苦。

那钢铁赢过雷霆，而我赢过高于天空的快乐。

钢厂

手记：42

供销科老韩发电报时报文烦琐，像写一封长信，科长每每批评之：老韩啊，一个字三分五，两个字就是七分钱，发电报不能和写信一样，字数越少越好，能猜出个大概，明白个意思就行。

随后，老韩从山西发回两车皮焦炭，发车前先发来了一封电报，上面只有两个字：生酌。供销科全体人员无法破解，厂办公室、宣传科、工会的文人秀才也没有弄明白大概意思。甚至有人猜测是老韩的生命遇到了危险状况。

等老韩回来后问之，曰：发了两车皮焦炭，请生产办公室酌情处理。

诗歌：二十三

有一块钢正在赶路
从走上高速公路开始，就走得匆忙。
随着颠簸和颤动，
这块钢似乎有着一种迫切
而又紧张的心情。

城市日渐繁荣。
有一块钢正在赶路
我跟在钢的后面，
很想目睹一座大楼的诞生。

一块行走的钢，
在春光里
迷醉，激动，怀揣梦想。

手记：43

我把钢铁堆在善与恶的分界线上，它倒向善的一侧，给善以强劲的支撑，它倒向恶的一侧，是想以自己的力量把恶砸烂。

手记：44

在一个盲人的眼里，对一朵钢花和一轮太阳有着相同的憧憬。只有事物在人的心里有着同样的分量，才能产生相同的律动。

钢厂

手记：45

　　我对钢花说起钢铁的时候,钢花说:我不该在那个冶炼的夜晚出走,那是钢铁最痛苦的时刻;我对钢铁说起钢花的经历,钢铁说:那是我远游的孩子,它现在在哪里?

手记：*46*

任何人都无法把恶魔教化成天使，就像我无法把钢铁冶炼成金子；在货场上的钢锭间，只要有一朵花儿开放，那也是春天来了。

钢厂

诗歌：二十四

睡着了的钢铁在清晨醒来
它的额头上挂着凝霜的露珠

钢铁的睡眠，曾经被万物打搅
曾经被刮过的一阵风带走了甜美的梦

在我喜欢的春天里
它对我的哀愁一无所知

钢厂的凌晨多么碧嫩啊
醒来的钢铁一下子就撕开了
我的小小的衣襟

如同撕裂了我离开钢厂这么多年的记忆
它悄无声息地撕扯着我
把我逼进了一条生活的夹缝

手记：47

炼钢炉突然发生爆炸，在周围干活的工人就会被爆炸的冲击气流打倒，伤者少则几人，多则几十人，主要原因是钢炉内发生了凉热反应。向钢水中加入废钢，摇炉角度不够，废钢中的潮气没有充分蒸发；炼钢炉发生漏水，温度低的水与温度高的钢液发生混合；进行废钢投料过程中，将混有泥浆沉积物的铁块一起加入炉内，由于混有泥浆沉积物的铁块比较潮湿，在进入炉内后沉入铁水，并迅速发生汽化，炉内突然翻滚；废铁中有检索遗漏的爆炸物，如炮弹、集束雷管等，都会造成化铁炉或者炼钢炉爆炸，有时候炸飞的耐火砖能够击穿几十米外的砖墙，砸上一个大窟窿，声音也是震耳欲聋，声波可以抵达整个城市。

我的身上就有多处因炼钢炉爆炸或者钢水发生喷溅，遗留的疤痕。

散章：拾叁

　　一块铁，它的愿望是成为一束钢花，开和谢都可以看清我内心的思绪。一束这样的花链，带着我的梦想，坠入了随拂晓而来的事物中。

　　钢铁很快就忘记了我，只记住了春风和焰火。

　　我在钢铁里或坐或立，举着钢铁的愿望，闻到了扑鼻的芬芳。一群蜜蜂将我追逐，在那充满甜蜜味道的空气里，炉火的光在钢花和流星间踱着儒雅的方步。

　　我曾见过钢铁在我师傅的身体里闪烁，在他清醒的身体里埋藏着愿望的花束，在他疲惫的生命中，这花束就是他走向未来的被泽。

　　之后，对荣誉的叙述将胜过成功者的喜悦；

　　对沮丧的叙述将注定失败者的命数；

　　自信而绽放的花朵，将是我的钢铁。我说出的一切，将成为火光的起点，这一切也都源于钢铁。

　　一块铁的愿望是成为一束钢花。它带着香气，奔向的前方，摆放着我与钢铁的契约。那隐在钢铁里的花束，因为炉火，永远不会遇到冰霜。

　　我的前程似锦。我说出了钢铁中明亮的事物，并将这一明亮，引向了师傅还没有亮灯的床头。

手记：48

钢铁有时候是器物，有时候是艺术，那坚韧不拔的流线，有着很精致的美学。当我的生活被不开心的情绪击打得焦头烂额时，我就抚摸着钢铁，那美妙的感受，仿佛迎合着春光明媚的四月。

钢厂

手记：49

　　一把卷刃的刀，沉重地压在我的身体上；一支卡壳的手枪，向敌人送去了祝福；一块钢铁断为两截，焊起来继续使用；我的面孔被抹黑，期望被炉火照亮，再次散发出生命的欢愉。

手记：50

  几乎无法想象，我居住的那座大厦，会轰然倒塌。我出门归来，家就没有了，邻居们正在寻找被覆盖的亲人和物品。他们是否明白灾难来自钢筋的妥协，危险并不是每一个人都能够躲过。

钢厂

诗歌：二十五

我用钢铁锻造一枚月亮

圆润而又饱满

我不会让它有任何缺陷

没有潮汐，也没有女人的痛

总是这般的明亮而又慷慨

挂在钢厂的上空

照耀着工友们轻薄的尘世

在快乐和不快乐中

生活被钢铁的圆月照耀着

鼓满了轻松和不在意

一枚锻造的月亮

将光影抛洒在了大地上

照着我的脸，照着我此刻的疲倦

被照耀的角落

有一些细微的事物，闪烁着

那是我的工友，赤着膀子

在加快劳动的节奏

一枚钢铁的月亮在照耀时

一串钥匙，在空中亮了片刻

突然转动起来
让我在钢铁的庭院里,找到了
命运的转机

钢厂

诗歌：二十六

灰尘落在明亮的不锈钢上
灰茫茫的一片，就像我的面孔
亮过，也黑过
我用刀剑跟人打架，胜过
也败过，明晃晃的刀尖
落满了灰尘

从空中落下的灰尘
并没有完全覆盖我的额头
我的额头很硬
像明亮的不锈钢的刀尖
栖着无数的甜蜜菜汁
和苦涩的浆果

一块明亮的不锈钢
在灰尘下面，安静下来
仿佛一只鸟飞来
轻轻地扇动翅膀
那灰尘便又升腾起来

我的额头明亮
我的身体,不慌不忙
虚度着时光

手记：51

陈师傅四十有余尚未婚配，谁要是给他介绍对象，就跟谁急，与人家如仇敌一般，有一次还向媒人家里扔砖头，砸坏了人家的玻璃。陈师傅是厂里唯一没有在班上睡过觉的人，据说他喜欢裸睡，不脱光了根本睡不着；陈师傅也是全厂唯一每周必须换洗两次工作服的人，据说超过三天不换衣服，便浑身痒痒；陈师傅还是唯一没有吃过食堂饭菜的人，据说他吃了不是自己做的饭菜，便会拉稀。

除此之外，陈师傅说话、拉呱、处事均一切正常。

手记：52

马师傅不善饮酒，好辣食。每有酒局，不了解的人想与他拼酒，他就假装再三推让，见火候差不多了，便提出条件：你喝一盅酒，我喝一盅辣椒油，看谁先败阵，要不我喝一盅酒，你喝一盅辣椒油。辣椒油能喝多少？基本都会依了他，选择以酒对峙。于是，不论对方酒量大小，马师傅均会让他烂醉如泥。而他却三个馒头下肚，踱步而去。

散章：拾肆

一阵疾行，我已走得很远，在钢铁的广阔与寂寥中，我一再地穿过了警戒线。

从钢中分离出铁，从铁中分离出萤石，从萤石中分离出矿山的灵魂。利益产生的诱惑，在潜移默化中腐蚀着我的头颅。

灵魂远远地落在了后边，迈着无依无靠的步伐，走向血淋淋的四野。

我曾经用高大的熔炉冶炼良知，为了清除脑海中的不洁之物，我曾经恳求钢铁的帮助。我看到因时代变化而正在堕落的人们，手握着骗术的图谱，带着人性的贫困，奔向前方。那么多的道德要求，都流淌着鲜血。

我的灵魂丢了。我的钢铁的熔炉几近熄灭。我的生性虚妄的生命，成了正义的偷猎者。钢铁是沉重的，犹如道德被捆绑在了财富的车上。一切向钱看，究竟是在制造罪恶的源头，还是时代应有的步履。

我看到有钱人已把富贵抛弃，成了金子的奴才。一颗颗没有灵魂的头颅，空空如也。满脑袋的纸币和数字，随着光阴而流逝，我重重的躯壳，仿佛在地狱里奋进，而不是在钢铁里。

我看到集鼠人念着咒语，方圆几百米的老鼠都小心翼翼地向他走来，仿佛他的手里拿着它们渴求的美食，而老鼠的灵魂还在身体里。

我看到那么多没有灵魂的人,行色匆匆,在钢铁里进进出出,他们在广场上汇集,在歇斯底里的舞蹈中,走向深渊。金钱至上,人性必将异化。对于他们的贪婪,并在梦中迷失。对于他们的堕落,并在无休止中失去名声。这些,终将逃不过钢铁的眼睛。

而我,与他们何其相似。

在钢铁深处的黑色暗影中,我看到了遍地的灰烬,从熔炉里喷溅而出,而后苍凉。

而后丧钟响起。

钢厂

诗歌：二十七

有一块沉重的钢，悬在
沙师傅的头上
压迫着他的神经和浓缩了的愁肠
父亲生病住院，花光了家里的积蓄
又负债累累。他伫立在车间
昏黑的角落，拿着女友请求结婚的信
密集的哀叹和不知所以的悲喜交集
在头顶上方，漫延

他的父亲，已在弥留之际
企图用消失，移动他头顶上的钢
这恼人的生活之累
这失去动能的日子
这艰辛的跋涉
所有期待的时来运转
都将被一件件难以应付的事情湮灭
当欢喜成为忧愁的深渊
除了愁肠万断，他的生命已经无处安身

这是黄昏，或者黄昏之后的某段时光
沙师傅回到家
看到他的父亲已经穿上了绣着龙凤的寿衣
人们想把他抬到门廊
却怎么也抬不动。除了沙师傅
没有人知道，他父亲的身上
还压着一块沉重的钢

钢厂

诗歌：二十八

脾气柔软的刘师傅，总像个大姑娘
性子急的李师傅，屁股底下
总是燃烧着一团火焰
搬着一摞耐火砖的张师傅，双臂肌肉凝结
脚步有些踉跄。在水泵房用餐的
徐师傅、朱师傅、冯师傅，倒上了一杯酒
每人二两。劳动纪律和安全规程
不允许上班饮酒，但似乎不喝两口
干活的力气就不足
而我正在安慰刚刚失恋的小鞠
一个干练的小伙子，在更衣室
他总是将换下的衣服叠得整整齐齐
上班用的工具摆得规规矩矩

吸着赢来的烟卷的苏师傅，一脸的惬意
吐了一个白云一样的烟圈
缓缓地飘在丁大壮的头顶上方
车间主任、工段长，巡视到车间的生产副厂长
关心着生产质量和数量。火焰在炉膛里汹涌

立柱上的标语:多炼钢,多挣钱
令人哑默。有人在乎,盘算着钱度日
有人忽略。炎夏的热和严冬的冷
总是在生活中,迅速地开合
插入转炉的输氧管
传来拔出的声音,我们在炉台上兴奋地喊着
就像蜜蜂吃下了自己酿的蜜

下班了,月亮刚好从轧钢车间
移动到电炉车间的上方,光
正好与转炉车间的炉火相遇。交接班的时刻
疲惫,又显得那么轻松
似乎劳作的苦楚,在这一刻化作了悠闲
我似乎听见炉火对着月亮喊
别站得那么高,转得那么孤单
夜复一夜,仿佛没有终点

钢厂

手记：53

住房紧张，青年工人结婚能够有一间房，是人生最大的祈求。

车间更衣室四楼，有一间不足十二平方米的房子即将空出，我得到消息，便找到车间主任以方便写作为由请求照顾。先前车间主任与《冶金报》的副主编开会时相遇，副主编得知车间主任来自潍坊钢厂，向其打听我的情况。后来副主编路过潍坊，下车到钢厂找我约稿，并说起与车间主任有过的接触。我便与副主编拜谒车间主任，于是车间主任在厂食堂雅间里热情洋溢地请我们吃饭。推杯换盏间，副主编大夸我的文学才情，叮嘱车间主任对我要多加照顾。酒酣耳热之际，主任欣然应允。此后，我在冶金报发了几篇赞扬车间主任的短文，深得主任赞许。主任通过第三人将钥匙交给我，并叮嘱：现在先过去换锁，速度要快，今晚连夜搬来。对此，我早有预谋，新锁一直在口袋里装着。

第二天，分管工会和职工生活的副主任找到我，对于我独占房子很是恼怒：车间里有八个青年准备结婚，都想要这间房子，抢房抢得头都快要打破了，你一个单身职工，把房子占了，成何道理。我和副主任也颇有些私谊，等副主任发完了一通火，我把他叫到一边，对他说：李主任，你得感谢我给你解了围才是，八个结婚的要这间房，你给谁？给谁其他七个都饶不了你，房子我占了,是主任给的,与你没有关系,你等于谁都没得罪。副主任哼了一声,气冲冲地走了。

  过了几日,我与副主任相遇,又说起房子的事,他深以为然地对我说:你说得对,还是你狗老鼠心眼子多。后来得知,八个人为这间房争得面红耳赤,一度像仇家一样,给任何一个人,其他七个都一副拼命的样子,给了我之后,大家反而没再争执。

钢厂

手记：54

  上夜班，张师傅在一棵树旁的暗影中小便，我大喊一声：干什么的？张师傅不急不缓地回答：天气预报说，局部地区有大暴雨降临。

手记：55

　　一颗螺丝从机器上掉下来,在震动中落进了大地裂开的缝隙;我看见机器痉挛了一会,停了。一时寂静如幽谷,远了又近,机器发出了喘息声,似乎在为自己的不慎而哭。

手记：56

国有企业掀起了一股以"破三铁"为内容的企业劳动、工资和人事制度的改革热潮。传统体制下的国有企业劳动、工资和人事制度僵硬，劳动用工制度的计划化和固定化，形成了"铁饭碗"；工资分配制度的统一化和刚性化，形成了"铁工资"；企业人事制度的资历化和终身化，形成了"铁交椅"。虽然1983年招工实行劳动合同制，1985年开始全员劳动合同制，1987年开始社会劳动保险制度，但对于国有企业的"三铁"问题，影响并不是很大，在1992年声势浩大的砸破铁饭碗行动中，要求企业职工，忍受改革带来的阵痛。

车间主任开会说：砸也得砸，不砸也得砸。哭也砸，笑也砸，不哭不笑还得砸，砸不破，扔到化铁炉里化。有人插话说：算你狠。

散章：拾伍

喜鹊的巢建在钢厂的小树林里。

喜鹊的巢就在高高的白杨树上，因为树林边的篮球场上，每天黄昏都有一群男人在显示健壮，便有一只只的喜鹊在树枝上侧着头观望。篮球场空寂的时候，它们便在这片空地上散步，很悠然的样子，又时刻保持着戒备。

有时候，它们也带着钢铁的嘱托，飞向高空，隐身于那片纯净的蓝，展现出来的野心和向上的力量，融合了钢铁终生发光的热度，恰巧被我仰头看到。

一天清晨，我在树下读书，我的耳朵里满是喜鹊才华横溢的啼鸣，整个树林都是喜鹊欢腾的声音，是全部的占领，是大声的喊叫，而非人们所说的呢喃。整个天空，也都是喜鹊聚会的天空，而眼前的这片树林，接受阳光的照耀，却留下暗影。

它们拼命地扩大飞翔的疆域，为我带回了钢铁发自蓝天的指令。

钢厂

散章：拾陆

全厂放假的日子，安宁主宰了厂区的一切。

因为隆隆的机器声消失，车间里的静默仿佛来自远古，仿佛地球突然停止了转动。

我从厂区走过。没有烟尘的搅扰，我看见天上的白色云朵，又在顺着风的方向飘动。时而像一团棉花，时而又像是某种动物的造型，狮子摆尾或者猴子捞月。没有机器轰鸣的喧嚣和人声鼎沸，路两边的树显得幽静，而又闲逸，仿佛历经世事的老者，在捻着胡须微笑。

幼儿园里独自玩耍的小女孩，两条小辫如拨浪鼓的两个鼓槌，上面两个簇动的蝴蝶结，正在享受欢快的下午。她向我做了一个鬼脸，一溜烟跑远。辫梢上的银铃铛碰响了——这世上最美的协奏曲。

诗歌：二十九

一块很大的钢，自什么时间开始
腹部以下被埋在了深深的土中
腹部以上被袒露于静静的风里

硕大的钢，半埋土中
它的情绪已一日不及一日
就在昨天
我还听到它在勇敢地歌唱

它坚硬的身体已经开始一层层地松动
那斑斑的锈迹
究竟要作哪些方面的说明
渐渐瘦去的日子
凝望几眼身边那棵树上还绿着的叶子
就会好的

一个坐轮椅的人
从它面前驶过时停留了那么长时间
人与钢，知己相逢
默默地谈了些什么

诗歌：三十

搬起一块钢，压在另一块钢上
然后再搬起一块钢
压在这一块钢上。我看到它们的表情
始终如一，好像原本就应该这样
一块被另一块压着

底下的一块，基石般牢固
它那神情庄重的样子
就知道心如磐石
要在最后的时刻，继续坚持
并在竭力的承受中
不住地唱着昂扬向上的歌
中间的一块，毫无怨言
在承上启下的艰巨中，举起誓言
让我们从它身体的任何一个部分
都能截取它灵魂深处的光芒

最上面的一块，领袖般豪迈
高高地站立，如一朵金属的花蕊
开得鲜艳而又灿烂

手记：57

更衣室已经连续五天发生失窃事件。每天生产调度会，都会通报案件的进展情况。一段时期以来，成为钢厂坊间的热门话题。每天晚上撬三五十把锁，连续不断。全厂三十多位保安，西关派出所十多名警察，悉数上岗，昼夜巡逻，竟没有发现蛛丝马迹。破案人员疑惑盗窃者用的什么工具，一个晚上能够撬坏那么多的锁，当晚窃贼便把作案工具留在现场，是一件自己制作的二齿钩状的器件。警方疑惑作案这么久，竟然没有留下一个脚印，窃贼便故意在现场撒了灰，留下了41码的金猴牌运动鞋鞋印。一度被传为江洋大盗，嚣张气焰，胜过了炼钢的炉火。

在连续发案十多天后，全厂又抽调二十多人加入了保卫科的巡逻队伍，我也在其中。又十数天后，窃贼被现场抓获，是我认识的轧钢车间的一名青年工人，被判入狱三年。出狱后开出租车谋生。我打出租车时与之偶遇，便问他当时的情况，那么庞大的巡逻队伍，派出所的警力不足，又抽调分局的多名干警加入，怎么还敢顶风作案？

他说：收不了手啊。干了几次之后，每天晚上到了那个时间，就浑身燥热，内心充满了一种再干一次的冲动，觉得与那么多的人周旋，所有的智慧都调动起来了，那种侥幸带来的刺激，那种铤而走险获得的成功，实在令人按捺不住。我便说：与那么多专业人士周旋，确实需要足智多谋。他还说了很多细节，让我唏嘘不已。

王力洪，时年 21 岁，某重点中学校长的儿子，家庭殷实，别无其他嗜好。

诗歌：三十一

静静地，注视这些钢
它们紧靠在一起，兄弟般亲密
感情真挚而热烈，又表现出活下去的渴望

我知道它们的心愿。现在
正是阴雨连绵的时节
对于潮湿的天气和雨水的冲击
它们已经忍受够了

被轧制之后，它们已经在这里伫立了很久
我看到它们的裙裾
正在以锈的含义，一层一层地褪去
但它们的意志绝没有垮下去的意思

这些钢，都是我的好朋友
冶炼的那天晚上
我们的眼睛，同时被熬得通红

注视这些钢，深入它们的思想之中

钢厂

能够让我在最绝望的日子里
继续活下去

轧钢场景

散章：拾柒

在楼下张望的妻子，仿佛越冬归来的大雁，焦急地等待着爱人归巢。她已做好饭，温热了三两白酒。她的孩子，在不远处戏耍。邻居路过，她装作没事的样子，随便打着招呼，却掩饰不住内心的期盼，仿佛蜜蜂期待着槐花开放。她的脸上散发出的浓香，与黄昏的日光相遇，带着她刚洗过的床单和窗帘的味道。

风有些凉。风贴着裤管侵入她的身体，她把孩子喊到了身边，揽在怀里，眼睛始终没有离开大门的方向。而她的心里怒气开始冒头，期待的心情，像一块炽热的钢铁，在开始慢慢地变凉。

她看见他了。他骑着一辆永久牌的28型自行车，像一个追风少年，疾驰而来，带着赢得了比赛的愉悦。

怎么这么晚？

加班了。

她知道他说了谎。她知道这是恰好下完两盘棋的时间。但她没有揭穿。

有爱便有谅解。在繁重的体力劳动之余，用适当的娱乐，缓释疲惫的爱人，仿佛一匹耕作了一天的雄马，要有一段时间在黄昏的田野边撒欢。和睦生活的隐秘，在这个黄昏，在钢厂生活区，似乎已经演绎得淋漓尽致。

在众多的选项中,她唯愿他时时平安。

在此前的黄昏,在这个黄昏。

在此后的每一个黄昏。

她热了菜,又温了酒。他们的甜蜜,他们相融在一起的命运,有着一个浩渺的宇宙。

手记：58

厂里买了一辆银色的 213 型北京吉普车，20 多万。20 世纪 80 年代中晚期，20 多万的车已经很豪华了，市里某些领导经常借用。工人们编了顺口溜：

天苍苍，野茫茫，
北京吉普腿真长，
前腿蹬，后腿扬，
翻山越岭就是强，
前天在戈壁，
昨天越草原，
今天就要回钢厂。

后来，反腐败，反官倒，这辆车好长时间没人乘用。

手记：59

发工资的日子，全厂欢喜。总有人大手大脚，或逛百货大楼，或满足口腹之欲。便有民谣曰：富十天，穷半月，剩下五天没法过。

钢厂

手记：60

劳动，劳动。劳动的双手
在钢铁中继续穿行
黄昏风大
潍坊钢厂转炉车间的火焰
站在庞大的车间顶上
锤炼我的身子

（我的身子，钢铁的断指）

钢铁的内部漆黑一片，钢铁内部的光明
被我弯腰的汗水召回
落在炉台上，开一朵圣洁的钢花
使我的心灵深处，布满了星辰

黄昏风大，1992年4月14日黄昏的风
拥动我一日之中劳动的光辉
谁追慕着这光辉而来
谁就会看到
潍坊钢厂转炉车间的火焰

在这个黄昏的风中
越燃越旺，谁追慕着这光辉而来
谁就会看到，在这火焰的中心
有一个纯情少女，在挥剑舞风

劳动中的钢铁工人

手记：61

陈师傅和秦师傅闹矛盾，好多日子互不搭腔。一天车间抢修，正是午饭时间，陈师傅把两个火烧放到取暖炉上烤着，就去参加抢修了，而秦师傅值班。

抢修回来已过了午时，烤在炉子上的两个火烧，煳头黑腚地放在桌子上。陈师傅：是哪个闲勤不懒爱动弹的狗东西把我的火烧给拿下来的？陈师傅知道值班的就秦师傅一人，拿下火烧来的，没有别人。他没边没沿地骂了许久，秦师傅才搭话：我拿下来的。陈师傅：为什么给我拿下来？秦师傅：我看着烤煳了。

陈师傅：看着烤煳了，你知道我喜欢吃什么火色!?

秦师傅：真是好心做了驴肝肺。陈师傅：你哪有好心啊，本身就是驴肝肺。随后，两人大打出手，狠狠地干了一架。后来知道，陈师傅恼的是眼看着已经煳得没法吃了，才给拿下来。而秦师傅眼看着火烧烤煳了，在拿下来与不拿下来之间，内心斗争了很久，在犹犹豫豫中，看到火烧煳得实在不忍心了，才拿下来。大家评议说：早拿下来凉了，晚拿下来煳了，早拿晚拿，都得干架，炼钢人的火脾气，不干架，才怪呢。

没过了几天，两个人喝了顿酒，碰个杯，又好成一个头了。

钢厂

诗歌：三十二

我不在乎粮食
也不在乎衣服的质地
我不在乎树是否白天也在睡着
也不在乎风是否把早晨
吹成了蓝色

但我在乎钢铁
是的，我在乎
钢铁。钢铁有坚硬的脊骨
也有令人迷醉的曲线

在一个爱情的午后
我从钢铁中跃出
只柔软了一会，懦弱了一会
便迅速凝固
似乎只是一瞬，我便成了
另一块钢铁

我不在乎跃出时有多么优美

但我在乎,是否跳出了
生活的平庸

手记：62

我们一行五人到李师傅家做客，看到茶几上有一盘类似散装糖果的东西，有人拿一块放到嘴里，眉头一皱，然后面带微笑曰：真甜。复有人效之，仍曰：哪里买的，这么甜？后几人均仿，皱眉，笑之。李师傅四岁的儿子拿一块刚放到嘴边，就大呼曰：哎呀，臭球啊。众人将口中物吐出，捧腹大笑。

问曰：何不放到嘴里就吐，而告诫他人？答曰：不独赚吃臭球这样的名声。

手记：63

有一女孩进了车间，在炉台上的大刘近视眼看不清楚，只是远远地看到一位女性进来了，就在炉台和人开玩笑：小张，你媳妇来了。小段，你媳妇来找你了。小鞠，快看，你媳妇——

不一会儿，有人对着炉台喊：大刘，你妹妹找你。

炉台上的人轰然，此后很长一段日子，炉前乙班都戏称大刘为：大舅哥。

手记：64

澡堂满了人，没有空闲的更衣橱了，看澡堂的张大姐就不允许未婚青年进入。问其为什么，张大姐：人家结了婚的洗干净回家还能用用，你们洗了没啥用处。

手记：65

干活间隙，闲来无聊，就聚堆神侃、吹牛。

某甲和某乙善吹，比自己祖上土地多，家口兴旺。某甲：我家祖上，那地，大啊，这么形容吧，一头小马驹刚学会干活，围着打麦子的场院转了一圈，就老死了。某乙：那算什么，我家祖上，家口大呀，七十二面铡，铡葱花，只供应新媳妇坐月子。某丙：你俩这不叫吹牛了，简直就叫吹星星，难怪这几年天上的星星少了很多，我以为是被烟尘遮住了，原来是被你俩吹成流星，滑落了。

后来，某甲和某乙被誉为吹星专家。不是吹牛，也不是吹骆驼。

散章：拾捌

在钢铁的庭院里，贫困并不只是属于一个人，它长期地囚锁着人们，从羞涩的囊中读懂出没于唇间的劳苦与气短。此刻，细嚼慢咽和狼吞虎咽，都无法将食物的香气留住，仿佛未曾闻见，就已经消失了。欠缺的已经太多，人们的肚腹早已有着更辽阔的需求。

哈哈，今天的炖白菜里有一两片肉。

唉，今天的炒菠菜和醋熘豆芽，难以找到一点油腥。

这哪里是厨师，简直就是养殖场的饲养员。

身着蓝色粗布工作服的钢铁工人，围在八十年代工厂食堂的餐桌旁，七嘴八舌，发着牢骚。我和两个刚进厂的青年工人端着饭盒从食堂走出，对于粗食淡饭，已经习以为常，也无所谓抱怨。一个时代的气候，主宰着所有人的归宿。

但贫乏的物质和惨淡的营养，并没有影响我的成长，以及积聚干活的力气。我弯腰搬动一摞耐火砖，又稳又放松，像我的体内早已有钢铁的幽灵驻扎，健硕的筋骨和肌肉，忽略了午餐中那清汤寡水的残酷。

散章：拾玖

在钢铁的庭院里，我对单身生活保持着足够的耐心。我对结束单身生活同样保持着足够的耐心。相信它会结束，结束于偶遇时的一见钟情，或者媒人的花言巧语。我在饮酒和打牌中消磨着时间，在一切的无聊中，被无聊裹挟。唯一能够做到的，就是在他们谈到女人时，还能保持害羞的心怀。

欲望的魔鬼，在体内兴风作浪，我却用只有在睡眠时才能使用的花招与之相搏。我的一切看似十分荒废，在这毫无色彩的单身宿舍里，总想为自己制造动乱，我似乎觉得，每一座宿舍楼顶，都爬满了诱惑的蛇，挂满了鲜艳的苹果。

无所事事和闲散的时光，充斥着休班期间，众人的喧哗之中，却有着太多的孤单。

诗歌：三十三

钢铁邀请我的灵魂外出
散步。又结伴归来
每次外出，钢铁都走在前面
为我带路。或在一个开花的树下
等待。它带我去过的地方
都没有名字，有铁栏护卫
却生性甜美

它带我走过那么多甜美的地方
用那么炽热的火焰
焚烤我，熔化我
改变我。在一个冶炼之夜
跟着钢铁走了遥远的路
它甚至多次领着我到了我的出生地
那是大山深处的一个矿洞

当我归来，再次隐进依附已久的钢铁
并随着钢铁昂头，仰望天空
帮着钢铁召集群星

之后，一只小猫溜了进来
它小心翼翼的样子，仿佛我和钢铁
在银河边漫步。那平静的呼吸
和轻轻移动的样子
仿佛正在走过，钢铁和我
走过的所有地方

手记：66

生产副厂长忽然在晚上十点多钟到车间查岗。他骑一辆大金鹿自行车，在车间西端的马路边一停，就去车间到处巡逻。隔三岔五来一次，每次都会有倒霉蛋胜出。在钢厂，这叫作不打勤，不打懒，就打不长眼。一段时间之后，该厂长有了更极端的行为，夜里三四点钟，也来查岗。凌晨三到五点被我们称为"鬼剔牙"时间，上夜班到了这个钟点，就特别难受，仿佛被鬼在地狱里剔牙一般，若白天没有睡好，有时候困得站着就能睡着了。这个点查岗，每次都会抓获多名瞌睡犯。

时间稍长，我们就恨恨的，开始有人要给他拔气门芯，有智者以为拔气门芯很容易让他认为是报复行为，不如扎胎，在钢厂这种铁屑满地的地方，自行车扎胎是常有的事，不易被怀疑。每次看到副厂长推着泄气的自行车在夜幕中远去的身影，我们便有一种说不出的舒畅。如是三番，副厂长觉出异样，便让车间主任查嫌犯，说是严惩不贷。这样便更加惹恼了我们，于是直接把自行车扔到钢水包里，问的时候就说，都一心工作，没在意，可能被人偷了。这样生产副厂长也很无奈，那年月自行车被偷也是常有的事。开始我们叫作旧的不去新的不来，后来我们叫作新的不去更新的不来。崭新的大金鹿自行车，在车间一端明晃晃地耀眼。又连续丢了两辆自行车之后，他觉得不对劲，便再次责令车间主任追查。

　　自从该副厂长夜间巡逻以来,弄得车间经常受到厂里的通报批评,也很有怨气。车间主任便委婉地向副厂长报告说:到处找不到,怀疑是被人扔到钢水包里给钢水降温了。你再这么个巡查法,扔进去几辆自行车,反倒不是大事,就害怕哪天谁恼大了劲,把你也扔进去了。听得生产副厂长有些不寒而栗。

　　后来知道,那段时间他老婆与他吵架吵得厉害,吵到怒不可遏的时候,便摔门而去。因为晚上太晚了,也没个地方去,就到办公室批阅文件,做工作计划,而后便到车间巡查。

钢厂

手记：67

钢厂男职工多，毛纺厂和棉纺厂女职工多，普遍搞对象难，原因是没有机会接触异性。厂工会和团委就组织跳交谊舞，两个厂的工会和团委合办，在厂食堂装上彩灯，安上音响，拉上彩旗，每个星期六晚上，各自组织企业的男女青年，跳交谊舞，增加接触，互相了解，期盼产生爱情的火花。

开始的时候，都害羞，男的和男的跳，女的和女的跳，工会和团委的干部大部分是已婚人士，这种情况下，就身先士卒，带头邀请异性跳舞。后来，单身青年男女没成几对，工会和团委干部却传出了绯闻，还有闹离婚的，搞得一时风气浑浊。

据说，后来有几对单身男女成了，皆因初始不会跳，经常互相踩脚，踩厉害了，互相去关怀看望，一来二去，对上了眼。大婚的时候，工会和团委的干部一般都会功臣般作为证婚人出现在婚礼上。

散章：贰拾

  在一个纯粹男性的世界与纯粹的男性的孤廖中，一个小护士的当班，足可以成为生病的理由。来到医务室的男人，像一群企图偷窃爱情的强盗，满身弥漫着欲望。仿佛沸腾的钢炉，藏不住热切的目光与脆弱又卑微的内心。又像妍开炉台的钢花，炽热、明亮，但又无法坚持太久。

  哦，我的姑娘，你看见我了吗？

  哦，我看见你了。哦，我看见一匹远程而来的马已无法收住缰绳，体内沸腾的热浪，太亮了。

  哦，哦，其实我没有病，我只是来看看你。

  哦，哦。其实你不该来到这里，应该去看看精神科，这里不是爱情的避难所。

  在一个纯粹男人的世界与纯粹男人的孤廖中，曾多么期待躺卧在医务室的病床上，接受小护士的看护，而他获取的却比钢花的影子还小。

  怀着失望走了，又怀着希望而来。我的许多工友，在医务室里无病呻吟，只是为了碰到一见钟情又难以一见钟情的运气。

  一种淡淡的爱意抬了一下头，却又低着头走了。我从医务室出来，脸上带着燃烧过的火焰的痕迹。

钢厂

我的爱情，还栖落在一个锃亮的针药盒上——
——呻吟。

诗歌：三十四

刚出炉的黛色钢铁，在货场上
列阵。一阵风，一阵雨
蚂蚁爬上爬下，他们没有找到食物
看上去，并没有失望

一只蝴蝶，在上面停了很久
似乎对着钢铁叮咛了什么

先是隐隐约约的一个点，被氧化
后是很多的点，似乎同时出现
渐渐地，出现了锈迹的颜色
像是一个人的苍老，脸上和身上
涌现出的老年斑

似乎是一个点传染给了另一个点
似乎是斑斑的锈迹，连成了一片
整个货场，发着战栗和惊慌
时间，散发出了很怪的味道

钢厂

我始终没有移动地方
黑色素沉淀在脸上,在身上形成
先是一个点,后是一块斑
我在时间中,找不到退路
却看到了终点

钢铁的锈迹,一层层脱落
一层层地脱落,在地上
像一个个鼓起的坟丘
我在一个里藏身,似乎也隐身在了另一个

诗歌：三十五

用青春和固执
我打了一副钢铁的棺材
如果就此入睡
放弃那些没有做完的事情
正好有足够的时间和精力
去爱一个人，或者有足够的胆量
承担错误，有足够的勇气
对这个世界，说声对不起

我有时候很懦弱
我不敢告诉风
我偷走了一个黎明
我不敢告诉月亮
夜晚笼罩的灌木上
我的青春正在蜕皮
如一只蝉，渴望着飞走

我打了一副钢铁的棺材
我的青春在里面，等待盖棺定论

钢厂

傲气和张狂,在我的血液里
躁动不止,由于和她
在一起的时间久了
我的心充满了力量

亲人们举起锤子,怎么也无法
砸上,密封棺椁的钉子

散章：贰拾壹

在钢铁的庭院里。

早晨，我看到从航车上下来的吴梦，她的小腿粗壮，腰身铿锵，通红的钢锭与她摆动的双臂交换着密语。钢花在她的胸前闪烁，有一种满足正在消解她一个夜班的疲乏，炉火般橘红色的满足，正透过她轻盈的步履和哼着的小曲，走下铁梯。天使般的身影有着蜜蜂采撷归来的舞姿。

她欢愉地走过一夜的劳动果实——那吊装在摆渡车上一垛垛的钢锭，她顺着钢锭指引的方向，去了钢锭场。她已饥肠辘辘，她没有在这一刻奔向食堂，而是来看望昨日傍晚还含着苞的野菊花，有没有开放。

此刻，蝴蝶来仪，蜜蜂要醉。

她会心地一笑，把野菊花变成了自己，一夜的疲惫顷刻消失。她快乐，仿佛身边的钢铁上都流淌着蜜汁。

再过一个小时，两个小时，三个小时……，再过十六个小时，她还会回来，回到航车上，吊装，然后让降落在她劳作上的夜晚，穿戴起一年四季的野菊花。

工作的乏味，并且被一再地重复，没有让她的身体发出叫喊。她不是一个弱女子，她是一个被生活俘获的女子。我每天凝视着她，尽管她对我的心思一无所知。

钢厂

诗歌：三十六

我在一块钢铁里，走不出来
它诱惑我，许诺了
我很多东西，成了我青春的护身符
它让我杀掉了一些金子
抢走一些贵金属
这很有一些掠夺的味道
但它说得那么正义，那么有理
这钢铁，看上去
很像是闪光的圣母

我成了一个胜利者
把铂和锡，送去劳役
我在街上打架，在厂里给人挖坑
设套，学会了很多算计别人的伎俩
它不许我说话
不允许我说出这些罪责
要求我，说的和它一样
它怎么生锈，我就怎么生锈
它怎么口是心非

我就怎么言不由衷

我做梦,要做和它一样的梦
我每天感恩戴德
却无法让它为我的青春无知
和所做的坏事负责
我每天表达着我的忠诚
也每天打算着逃离
钢铁拍打着我的头颅和胸脯
让我交出生活的全部
我交出积攒了一生的银两
和骨血。我被囚住,无法呼救
所有的方向,都有镀铜的木头篱笆
拦住。我在钢铁里挤没了脑袋
我青春的四肢,被灰白的绳索
绑了个结实

我的青春是被羁绊的
我的眼睛和脑海里,栖着
太多的不由自主
和顾忌

手记：68

钢厂属于重工业，这样的工作，三个月即可出徒，出徒后即定三级工。定级一年后又长了一级，我在一线干了三年，等我调到维修工段成为钳工，就已经是四级工了，而和我一起进厂的同事，由于钳工是三年出徒，才刚刚学徒期满，准备定级。此时正巧厂里有政策，四级工浮动一级工资，我便堂而皇之地成了五级工，再后来定一级，浮一级，我便又成了六级工，而那几个一同进厂的同事，才定三级工。

这样一来，我每个月要比他们多发三十多块钱的工资。那个时候的三十多块钱，是很给人信心的一个数字，能够用来干好多事情，比现在的三十万更让人踏实。

手记：69

  张师傅喜欢流行歌曲，买了一台小型录放机，成天听。并且穿着裤脚一尺多宽的大喇叭裤，烫着大尺度的爆炸头，很是时髦。有一段时间喜欢李玲玉，谁要是敢说李玲玉唱得不好，就跟谁拼命，像一头面对猎物的豹子。后来喜欢杨钰莹，那一年他把附近集市上、书店里所有与杨钰莹有关的挂历，都买了一本，将家里挂得琳琅满目。

散章：贰拾贰

　　车间主任一脸的怒容，仿佛被马蜂蜇了一下额头。虽然他不愿意做一个每天生气的人。

　　低级的失误，让一炉好钢变成了废物，仅仅是因为多了几个凝固的气泡。怎么就会氧大了呢？整个上午都在加速着他的悔恨，他努力地克制自己，几乎要爆炸的情绪，发泄在了几个偷懒的出渣工身上。

　　他过于介意生产效率和完美程度。他害怕失误却总有猝不及防的失误。甚至其他人的失误，都要清算到他的头上。对他而言，幸运总是在兴奋中沉默不语，而不幸却总会在苦涩中开口说话。

　　车间主任是被质量忧患和生产事故造就的人。在苦楚与成就之间，成就一直占据着上风。他不会任由自己在泪水的缠绕中跌宕，他不拒绝钢铁的重压，也不害怕一根钢针的灼痛。重压意味着较量，而灼痛必将得到疗救。

　　在已建立的责任——积累着无尽的经验——忍受着某些侵袭之间，车间主任始终保持着直立，没有留下一丝颤抖的痕迹。

　　他在风中穿行，在钢铁的庭院里接受钢铁的庇护和堆砌起来的惩罚与奖励。或许，他没有在意，他正在把灿烂的阳光推向炉火喷涌的炉台,那片红得发硬的阴影,在是非成败之间,显得那么小——

——而轻。

手记：70

每当看到一男一女并肩从厂区走过，小刘师傅便喊：公主和王子，从此过上了幸福的生活。小刘师傅处对象了，与女友手拉着手从厂区经过，我就学着他的样子喊：公主和王子从此过上了幸福的生活。小刘师傅便一脸不屑的样子。后来，小刘师傅对我说：王子每天都给公主准备最豪华的衣服，最昂贵的珠宝，最精致的鞋履，最好的熏香，最美的食物，公主比以前的公主更像公主了。可我却不是那个流落在外的王子。

手记：71

一段时间洗头房和路边店盛行，往往有些见不得人的交易。每每有人邀请小刘师傅前往，小刘师傅总是推托说：家里有，家里有，不麻烦别人。然后溜之大吉。

有一次，与小刘师傅去结婚不久的小李师傅家，其妻生性甜美，姣可悦人，小刘师傅悄悄地对我说：小李真不够意思，媳妇长得这么漂亮，也不让让咱……

钢厂

手记：72

砸破铁饭碗后，钢厂民谣：

十个工人九个贼，抓住谁，谁倒霉；十个干部十一个贼，谁也不管谁。

有人问曰：怎么十个干部十一个贼？答曰：有人一天偷两次。

手记：73

张师傅不像不识字的，李师傅不像没有事的，谭师傅不像好挑刺的，刘师傅不像好生气的。

张师傅的上衣口袋挂着三支钢笔，但他确实大字不识几个，每当看到别人写东西找笔时，他总是大喊一声：我有。然后掏出一支，认真地拧开，甩甩，递给用笔的人。

每天都能看到李师傅匆匆忙忙地很着急的样子，这里转转那里瞅瞅，总觉得他有急事。他这里看看下象棋的，那里看看打扑克的，若哪个局不凑手邀他入伙：李师傅，玩一局？他总是说：我还有事儿。然后转身离去，不一会儿又在另一个地方看上了。

谭师傅平时一副满不在乎的样子，别人做了某件事，他能挑出一万个毛病来，每挑出一个毛病，嘴上总是说：其实差不多就行，糊弄糊弄算完，太认真干啥。

刘师傅是一个临时工，平时大大咧咧地一派活泼开朗的样子，但只要一遇上稍微憋屈的事，就气得脸发青，手发抖，浑身乱颤。

钢厂

手记：74

我的左脚踝后下方，溅上了钢水，烧伤面积约有核桃大小，是三月份发生的事故。接着，整个夏天伤口都在发炎溃烂，眼看着结痂，马上就要好了，但揭掉痂，里面便是一腔脓水。到厂医务室清创、消炎、包扎，如是再三，依然脓水不遏。大约十月份的时候，因为脚伤一个夏天也没能去河里嬉戏、游玩，眼看着天要凉了，再不去这一年就错过了，便抱定哪怕截肢也要下河游玩一次的决心，在响水湾度过了一个美好的中午。游累了，坐在水里的礁石上休息的时候，便有群群小鱼聚在脚伤溃烂处吸吮，有时候因吸吮产生的微痒而颇享受。

然而，就是被这些小鱼的轮番吸吮，我的脚伤竟然奇迹般地好了，结痂褪掉后，露出了新鲜的疤痕。三十多年过去了，现在疤痕依然清晰，每逢下雨阴天，或者夏天出汗时，仍然微痒，仿佛那群小鱼依然在吸吮。据医生讲，可能因为鱼的某种分泌物消了毒，因为久溃，新生的肌肉和皮肤，没有汗毛孔，出汗时，汗液排不出来，就会感觉到痒。

诗歌:三十七

我不会向生活投降,也不会因此而屈膝卑躬
不会将自己的三寸之舌变成尖牙利齿
虽然炼钢炉里的火焰,一再地把我烧灼

我知道做人的道义,也知道虚与委蛇
不愿冒险去获得带有恐惧的荣誉
尽管钢铁生长于我被傲气宠坏了的骨头

按照命运的吩咐,扮演一个很难扮演的角色
我看见一块年轻的钢铁,头上戴着桂冠
一边和我谈天说地,一边走进了我的家

钢厂

诗歌：三十八

轧好的钢板，在货场上
叠罗汉。那坚硬的脊骨
像我的工友，卖着憨厚的力气
被风吹斜的草茎下
秋虫的鸣叫，婉转又迷离
比钢铁击打钢铁的声音
更嘹亮

秋虫的鸣叫，是雄性的
在它们的得意时刻
放任着青春的孤注一掷
它们的背后，有着雄壮的渴望
它们振动翅膀，划动清亮的情歌

钢板缝隙间的婚房
接纳了成千上万的婚礼
这求爱的声音，也是它们的挽歌
在基因传家和生命的舍弃之间
它们从来都是顺其自然

就在轧制钢板的那个晚上
我的声音也颇似这些秋虫的声音
在钢厂这个属于男人的世界里
每个人的鸣叫,都需要
一声漫过一声
比钢铁击打钢铁的声音更嘹亮

钢厂

手记：75

钢铁的信念，在我的身体里生长，它悄无声息，几乎是润物无声地覆盖了我，俘获了我。没有与钢铁成为一体的人，很难知道成为钢铁的滋味，看起来像是什么也没有发生，而被改变，却早已司空见惯。

一块钢铁融入了我，一块钢铁藏身于我，一块钢铁为我建起了庇护所，它向我保证，只要与钢铁同在，它走向哪里，我的栖身之地就在哪里。

手记：76

趁着夜色，我爬上车间的穹顶俯瞰钢铁的指向，从钢铁的坚硬中，汲取把矿石烧成火海的力量。那片海越发急促地焚燃，我越发急促地向世界举起闪烁的理想。

我的狂热何时止息，直到一炉新生的钢长出翅膀，我携着青春，紧随其后，飞了出去。

钢厂

诗歌：三十九

李大超跷着脚，用尿
滋墙上的空气开关，造成跳闸
全车间停电
人们查找原因，发现时
他正躺在自己的尿渍里战栗

邱荣志用尿滋地沟里的电机
漏电，380伏的电流
贯穿了他的全身
活着的李大超面对邱荣志的尸首
无比震惊。他非常鄙视地说
没想到世界上还有这么傻的傻子

手记：77

  生产事故是钢铁企业很难避免的事情，特别是上世纪八九十年代，相对产能落后，技术不发达。最惨烈的事故是轧钢车间一个工段长被卷进了轧钢机，几十米的轧钢带上布满了血水、碎肉、骨头渣子、衣服破片，恐怖与血腥，令人毛骨悚然，一个多星期没人敢进入车间。

  还有一次，检修化铁炉，三名临时工被沥青砖散发的气体熏倒，从此永别人世。其中一位有两个男孩，大的五六岁，小的二三岁。事故发生后，孩子的母亲领着孩子在厂子里逗留了很久，要求厂里对两个孩子的成长负责，最后达成协议：落实农转非，生活费发放到16岁，成年后就业于钢厂，端上铁饭碗。

  后钢厂破产，两个孩子的命运如何，不知所终。

手记：78

董师傅长得个头瘦小，但胆子大，力气足。

有一次，我们在龙门吊上维护设备，干完活后闲来无事，大家就打赌：谁能沿着吊机的单轨走到对面，就可以赢得一盒青州牌香烟。龙门吊高近二十米，轨与轨之间相距一米有余，轨的长度近五十米，没有非凡的胆量和技艺，根本没法完成。正当我们起哄之时，董师傅从对面走来，轻飘飘的样子，胜似闲庭信步，犹如一位世外高人驾白云而至，令我们目瞪口呆，倒吸了一口凉气。

还有一次，我们修完了一台小型电机后，打赌谁能空手把电机提起来，就可以赢得一瓶景芝白干。每个人都试了一番，均未成功。董师傅从别处走来，知道了我们打赌的内容，便向手上吐了口唾沫，只见他嗨的一声，把电机提了起来。放下后，我们让他看了一下电机标牌标注的重量，让他再提，便怎么也提不起来了。借助一截短钢管，插入吊鼻中，也未曾再次提起。

那时候我读弗洛伊德，为此对弗洛伊德的潜意识理论特别佩服。

料场上的龙门吊

手记：79

嘭啪，嘭啪，嘭嘭啪……

吴师傅每次开讲之前，总是念咒语般说上一段象声词。吴师傅清瘦，他自己形容说，晚上盖被子睡觉，像没有人似的，仿佛床上放了一张白纸。戏称自己薄如蝉翼。

吴师傅有很多高见，对社会、对人生、对自然、对苍穹，都有自己的妙论。有一次他喝了点酒，微醺的样子，就健谈了起来。他说：我们在这钢厂工作，就要对钢铁无比敬畏，因为这钢铁就是我们自己。

他进一步论述说：在金属的家族中，金银是贵族阶层，铜锡是中产阶级，这钢铁就是底层民众。在我们的世界里，企业主是上流社会，教授与商贾是中产阶级，我们工人就是底层群族。生活在最底端，像钢铁一样在金属领域价钱最低廉，连铝和锌都不如。但是钢铁自有钢铁的品质，沸腾是它的欢乐，冰凉是它的哀伤，弯曲是它的忍受，明亮是它的热爱，楔入是它的进取，断裂是它的奉献，生锈是它的苍老，支撑是它的坚韧，随处可见是它的卑微……换句话说，钢铁的欢乐，就是我们的欢乐，钢铁的哀伤就是我们的哀伤，钢铁的忍受、钢铁的热爱、钢铁的进取、钢铁的奉献、钢铁的苍老，与我们一样，有着同样的忍受、热爱、进取、奉献和苍老，而钢铁的坚韧与卑微，和我们普通民众的坚韧与卑微，没有什么不同。我们就是钢铁，钢铁就是我们，敬畏钢铁，就是敬畏自己。

钢厂

诗歌：四十

1

有人推倒了一座钢铁锻造的房子
一个上午，就成了一片废墟
又有人撒了溶化剂
那粗大明亮的栋梁，从此消失

2

夜色里，我蹒跚着离开
胸有些痛，仿佛那根钢梁幻作了
亿万根钢针向我扑来

午夜时分，我依稀听到
有个问候，不断地从针尖上
发出：你还好吗

3

离开。我什么时间再来
让我从澎湃的血液里抽出一滴

唤醒人们的警觉：世界已被掏空
生存的空间，岌岌可危
打入地心的矿洞和挖碎的山体
扼住了地球的呼吸

4

我和月亮散步，每月绕行一周
昨晚，月亮说：记得有一座钢铁的房子
曾在某颗彗星的上方，回荡着亮光

5

我不敢说出，是怎样毁掉了这座钢铁的房子
是一瞬间，还是许多年
是像熊熊的炉火缓缓地熄灭
还是像钢花一样，匆匆地陨落
数不清的消亡，那么迅疾，来不及拯救

6

流星会变成炉台上的灰烬
而月亮永远不会。毁掉了钢铁的房子
与其拯救，不如重生

从愧疚的持续煎熬中，挣脱出来
我祈求后人的谅解
祈求你来吐一道火焰，你是钢铁工人
请月亮在巡游时，再看见那亮光

散章：贰拾叁

钢铁在城市里显得孤傲又踏实。在日益物欲横流的时光中，钢铁不会被怀疑。它用理性的身躯取代了我紧扣着的脆弱神经。我知晓我的弱点和城市的弱点一样，始终困在一些心碎与不安的事物上。

在这座古老的城市里，年轻的钢铁扎根于此，仿佛一个仪态端庄的少妇抱着她的孩子，仿佛春天创造的一丛新绿。

冶炼术让这个纷杂的世界重新变得秩序井然起来。新生的钢铁，从一种无限延伸的号角中实施着对城市苍颜的救助。钢铁在城市里保持着站立的姿势，借助那些能屈能伸又刚柔相济的性格，呼喊拯救的力量，从此令那些禁锢了五千年的头脑获得自在。城市的道德必须接受钢炉的冶炼，然后抵达神灵赋予的栖息地，令人们的生活，花开星野。

钢铁从没有放弃向城市吐出芬芳。城市从身体里挤出不计其数的营养，令钢铁簇发远景上的鲜花，携着获救的城市，登上高坡。

地球是一颗星，钢厂是一座城。钢铁是城市的临终遗言，而为了共生，钢铁带着它的蜜饯，与城市相融在了一起。

手记：80

在厂区，一个女人走过，总会有一群男人的目光迎接、注目，然后远送。从出现一个女人的身影开始，到看不见她的身影结束。

啊，她真漂亮。

你要来了，荷尔蒙裹挟着我
让我从几天前就开始躁动不安

信息素驱使着你。一阵风
拂过钢铁的肌肤，又拂向了我

仿佛知道你今天要来，与我一起
在钢花里看见月亮，并在月亮上为爱情辩护

你在我的世界伫立。不经意间彼此望了一眼
信息素碰撞，迷住眼睛的瞬间
我祈祷，伸手就能抓住月老递来的红线

手记：*81*

发工资前的几天，囊中羞涩得实在没钱吃饭了，就找要好的朋友混饭吃，没地方混了，就将一块生铁放到裤兜里，带到废品收购站卖掉，然后买几个馒头填饱肚子。有时候，还能买一瓶白酒，喝得手舞足蹈。

手记：82

厂里要进行产业升级，从英国进口设备。据说设备很先进，连铸连轧，不用再在转炉车间浇注成钢锭，冷却后，运到轧钢车间加热，轧成方坯，再冷却后，运到线材车间，加热，加工成型材。这边进去原材料，那边就出来成品，听上去确实先进。然而，反对者众。原因是这套设备是英国某钢厂20世纪70年代初期淘汰的旧设备，青岛的一家钢厂，曾经引进了一套，一直无法使用，英国人用了几十年的设备，原本就是一堆废铁了。

厂长执意要进，与市里和冶金厅的领导去英国考察了两趟，决心就更大了，给反对甚烈的生产副厂长和总工程师，提前办了退休，解除了阻力。设备进来了，放在厂区主干道的两边，始终是一堆堆废铁。企业破产，盖与此有关，几千工人的生计和前途因一个人的执拗而葬送。

某钢丝厂，一家村办企业，从我们厂里购买型钢车间的废材，生产冷拔钢丝。生产副厂长和总工程师被解职后，受聘于该厂。现在这家企业已发展成为一家大型的现代化钢铁企业，已达到年产1000万吨的生产能力。

钢厂

诗歌：四十一

在我手里的六七块钢铁中
总有一块在梦境里回忆火焰
总有一块亮着窃喜的笑脸，像刚刚得到了爱情
总有一块是最坚硬的，怀着谦卑的心
凝视苍穹。总有一块刚刚旅行归来
腿上还带着槐树或者桐花的香气
一块像一把锁，挂在废弃的橱柜上
偷听门和窗户的私语，偷听主人的秘密
还有一块，长满了青苔，像我一样
忍受着无尽的孤独

在我手里的六七块钢铁中
总有一块在托着腮思考
它先把自己想象成了一把铁锨
又把自己锻造成了刀剑
它把自己想象成了铁的祭坛
又觉得自己是长了翅膀的铁链
它锁着自由，在天空盘旋
它试图在云里燃烧

在冰块里大叫大喊,它试图像我的一生
是被禁锢的,除了盘旋的那一会
除了春天看到了一些花朵
一无所获。而我的劳累与疾苦
正慢慢地沉寂于一个顺从的世界

钢厂

诗歌：四十二

转炉车间巨大的烟囱
有黄褐色的浓烟被气压倒逼下来
曾经暗算过我的李师傅，正在拼命地咳嗽
经常帮助我的丁师傅
递过来了一个口罩

气压很低，我看见那些
坚持干活的人露出了不耐烦的怒气
几乎要窒息。炉火在燃烧
浓烟在加剧
有一些事物在浓烟中滚来滚去
在我的头顶上方
被气压逼迫着做上升和下落的运动
幽暗里，传来几阵嘶哑的笑声

在浓烟里，我的双手
在炉火上移动，像一个双目失明的人
感受着身边的世界。我不住地颤抖
在熏黑的柱子旁边

当一坨炽热的钢水浇向倒霉的人
我对自己的幸运,感到羞耻

我要离开气压低沉的日子
在浓烟里,来不及埋怨暗算我的人
也没心情感激给我口罩的人
而是等着闪电,把天空撕开一个豁口
心情复杂地看着浓烟消散

当等待成为拯救的唯一方式
只有在焦虑中等待,没有他法
如果一个人,长久地在抵抗中生活
除了忍受,再没有什么
世界和我一样,也只能远远地看着
等待那个豁口,出现

钢厂

手记：83

　　灰色的情绪在我的灵魂上凝结，炉灰在冶炼的炉旁堆砌。心上的灰色和炉灰的颜色，是同一种灰色。我毫无征兆地陷入了悲伤，在炉台上，在炉灰旁。

手记：84

  我忽然记起多年前戴过的一副手铐，是否来自黑夜里我炼就的那炉钢铁。我打开了那副手铐，我在我的手铐里，看了一会镌刻在上面的女神像，又突然想起，她曾经给过我一束花。

诗歌：四十三

停炉检修的车间里
没有任何声息
一切都是清冷的，寂静的
泛白的月光照在幽暗的钢坯上
仿佛挽歌躺在了废墟的床上
仿佛在另外的世界里
不幸跌入钢包里的那个人
借着阴影走来
一阵风吹过，他沿着风的路径
在车间里逡巡
收留他生命的那炉钢
已经运往远方
他的肉身，他的灵魂
以及他留恋尘世的念想
都不复存在。他在这里游荡
只想从这些沉寂的事物中
从这些硬冷的钢铁里
从这葬身火海的地方
找回那颗被罚了奖金之后
倍感失落的心

地沟里机车运载的钢包

插图作者：胡文婧（线材车间工人胡善师的女儿）

钢厂

诗歌：四十四

师傅拿着一块墨色镜片
凝视了一会炉火的颜色
说：又是一炉好钢
徒弟们一阵欢呼雀跃
这意味着，每人又有了一笔奖金

从炉台到浇钢区
照射进来的阳光正与火焰的光拉近
在这些交织的光线中
一座座钢铁的大桥正在建设
它们那么豪迈，连接起了遥远的路

这些由钢铁连接起来的道路
这些由钢铁
支撑起的城市，车在飞驰
山在移动，河流在大桥下
奔涌。白色的水气跃过桥栏
有了攀上云层的渴望

我总是以为，每一件由钢铁制成的物件里
都有我们的功劳，大到航空母舰
小到笔尖上的一粒钢珠
在我的愿望里，塞满了预言
和带锯齿的弯刀

对于这个世界，一炉好钢
不能改变什么，在出钢的时刻
我看到一些微小的欣喜
漫过了车间和大地

手记：85

许久没有回家看望父母了，仿佛已经长成了野生动物；许久没有在家乡的小巷里散步了，这巨大的钢厂，白天和黑夜仿佛都在梦中。

诗歌：四十五

一个穿碎花裙子的女孩，坐在一块钢上
铺开的裙摆，像一座花园
在钢铁上花枝招展
几只印花的小蝴蝶，似乎在享用美餐

她的身后，大片的钢铁向着远方铺展
似乎她的碎花裙子，一直延伸过了
那座远方的小山。那里
很快就是春天了

很快，要多少绿就有多少绿
要多少花，就有多少花
只要风吹一下她的裙子
就会喃喃自语
让同样的花朵，也把我包裹起来

她从那块钢上站起身来
她的裙子垂落在钢铁上
没有风来吹拂，钢铁本不需要花的陪伴

钢厂

却渐渐地爱上了芳香

我有时候拽着她的裙子
看上面落着的蝴蝶
有时候拽着她铺展的裙摆
什么都不看

诗歌：四十六

车间里的事物，按部就班
循着时间的足迹
吐火的炉口，像一只放哨的狐狸
瞪着警惕的眼睛，眺望原野
每个人都会全神贯注地忙于手头的活计
这一刻，仿佛陷入了静止

白天，钢铁的花瓣落下
夜晚，钢铁的身体裹进了温暖的睡袋
角落里，灰尘是热的，而石头
碰撞在铁锤的顶端
就这样，夜晚将白天扛在肩上
劳作的人们，行走在钢铁上
穿过有血有肉的时间

这一刻，微风旋转
仿佛走在群山之间，带着疲倦和欢畅

年终时，我看到这一年的工作

钢厂

继续按照精准的程序进行
就像《安全操作规程》上要求的那样
劳作的人们,在一座钢铁的庭院
近乎静止的喧嚣中
始终没能得到休息

有些事物在终结,有些事物在复活
时间重得就像钢铁
我扛在肩上,忍耐不能承受的负荷

手记：*86*

拼命逃离，又恋恋不舍。我每天都会
在工厂的主干道上，来回走上几次
每次走过，都会有新的废铁和矿石在身边呜咽

每一块钢铁都有它的重量和线条，它们贴着路边
听我的咳嗽或者与工友谈天说地。它们姗姗而来
经过冶炼，又姗姗而去

一块钢铁，沉默无语，去了又来，来了又去
它向我挥手告别，像一朵流云，无法选择自己的故乡

钢厂

手记：87

乌云压了下来，电闪雷鸣之后，大雨如注。一垛一垛新生的钢铁在货场上赤裸着身躯，用肌肤感知气候，感知新世界的凄凉与阴冷。看上去一排排钢铁，整齐而又孤单，仿佛在等待着我，在等待着我依偎在它们身边，给它们温暖。

手记：88

　　一列火车载着钢铁的孤单，疾驰而去，它这是要去哪里，人声鼎沸的城市，还是群山之中？

　　在人声鼎沸的城市里，它的孤单是关闭的一扇窗；在群山中，它的孤单是沟壑中的一座桥，是峡谷里的一条轨。

　　我看见的钢铁已经习惯了孤单，我看不见的钢铁，在孤单中，穿过一片空旷的原野，走进了我的血液。

散章：贰拾肆

在钢铁的庭院里，我祈求神灵的眷顾。祈求它们的深爱并创造人间的一切。以至于受到一点点的委屈，就埋怨、愤懑、怒不可遏，内心充满了众多的不服。

神灵在钢铁里不语。他们像对待鸟鸣一样对待蟋蟀的歌唱，像对待羽毛一样对待那些沉重之物。他们太清楚了，一只麋鹿和一只豹子的悲欢离合没有本质的不同。一只乌鸦代表不了整个天空。怀着放纵和尊重，为生灵收拾出各自生存的密码。为了激活人间的善良，他们在钢铁里时刻保持着足够的警惕。

而我却总是祈求钢铁的保佑，从没有忏悔。我净手焚香，从初一到十五，却从不认识自己的不足。我只是一味地索取，却不愿意献出。

火焰在钢铁里看得清清楚楚。他们从不偏袒谁，也从不加害于谁。

我是否真的只能接受命运的安排？在钢铁里，如果生命只能是一次次侥幸，我活着，是否就像钢铁布置的一样，充满了偶然？在钢铁清醒的身躯里，我的祈祷，再三地被钉向无法实现的未知。

炉火将钢铁的光，嵌入了我桌前的灯，它一直亮着，仿佛一颗彗星在大地与天空的连接处，隔出了子夜与正午，任由我过好这一天，或者另一天。

　　这是神灵赋予钢铁的密旨，也是我们被赋予的本能与宿命。

钢厂

诗歌：四十七

1

今夜，火焰的热度，又一次烧灼了我的肌肤
我的心，却穿过了无数的寒冷

为了战胜轻薄的命运，我在钢铁的身边
苦思冥想，将手伸进炉火
我对自己是陌生的，我不知道我是谁
是一块粗钢筋，还是一根细铁丝
我不知道为何不能自己选择形状
我是被塑造的，我只能按照被塑造的形状
活着。一切都是荒谬的
生活的荒谬，上帝的荒谬

今夜，我赤脚在灼热的钢铁上走动
红色的火光，遮住了我额头的冷漠
我不相信自己，也不相信未来
我凭自己的能力，度过坎坷和厄运
如果没有钢铁的照顾

我能否在这个夜晚收到你的爱
能否知道你的灵魂,来自什么地方?

焰火从炼钢炉里涌出
你携着广阔的爱,踏着钢花而来
我该怎样将它从这夜晚里取出?

2

当我在这样的夜晚啜饮月光
贪求别人的美好生活,就会受到
钢铁的惩罚。这并不奇怪
因为我总是有着或多或少的罪过
我不该因为罚了奖金,在班长的茶杯里放巴豆
让他在一整天里,都不住地捂着肚子
我不该在控制水泵的开关上涂黄油
让按动它的人,脏了双手

罪孽每时每刻都会从晚风中跑过
我退避三舍,让更多的伤害
绕过夜色,绕过工厂的烟囱
和拨开火光的咒符
在我的身上,无法终止的伤害
也在发生

假如我出面制止,我也许
会受到更多的折磨

钢厂

假如我果敢,手里拥有钢铁
能否夺下高举着的屠刀
拥着你的爱,能否制止
那些企图算计我的阴谋

一束炽热的火焰,一阵瑟缩的寒凉
一种被逐渐烤热的冷漠
一次钢铁中的闪光,在夜晚
有人看见,我吮着钢水和你的爱
在这冷暖交替的人世间

3

或许钢铁知道我的需求
我的欲望无边,或许钢铁理解
我不住的追寻,有我恰如其分的命运
与之相应

粗钢筋,将会在大厦或者桥梁上安身立命
细铁丝,也会找到自己的用武之地

选择是件很重要的事
预示着成为山峰,还是一块滚石

我在犹豫之中,失去了那么多
我的狭隘与小气,常常遭人诟病
我害怕的事物越来越少

最后让我害怕的只有人心。我愈加认识到
走过来的,从来就是陌生之地

4

我蓄势待发的欲望和永无止息的贪念
在火焰上焚烤。我冻紫的嘴唇
在你的爱和钢铁中舔舐着温暖
就这样,我在迷乱中缓过劲来
做了一个可救赎的梦
在一座钢铁工厂,我把自己的邪恶
统统投进了熔炉
不再有非分之想,我是被塑造的
按照既定的模具成型

是粗钢筋就在大厦和桥梁中安身立命
是细铁丝就去寻找自己的用武之地

不贪大,也不求小
适合才是命运的基本要求
就这样,我卸下了身上的重负
一并投入了熔炉

于是,我跟着钢铁的舞蹈
你的爱伴着星光,降落在了炉口
我冻紫的嘴唇,不住地吸吮那火光
幻想着,拥有一切美好

钢厂

我拥有了草地,用来放牧

我拥有了天空,用来飞翔

我拥有了急救车,让人们脱离危险之地

拥有了台阶,让我一磴一磴,平安地走回家

拥有了你的爱和钢铁的福祉

让我一步一步,接近黎明

成为一个享用欢喜的人

诗歌：四十八

金子阔步向前
钢铁紧随其后
钢铁走上高速公路
钢铁在轻轨上，疾驰而去
钢铁沿着航线
行了遥远的路
钢铁盯着金子的屁股
自言自语：艰辛劳苦
不过如此

钢铁从峡谷里出来
带着群山的风
钢铁在火焰上行走
它的火苗，触碰到了我的额头
钢铁满心欢喜地爱着
徒自留下地平线上的一抹晚霞
钢铁在夏夜燃烧
在冬夜，像一个穷人枕着
麸糠枕头，做了一个富贵的梦

钢厂

钢铁跟着金子,走丢了
走着,走着
就走在了铝和锡的后头

钢铁过上了平凡的生活
钢铁没有人保护
钢铁不需要人保护
钢铁时常要保护别人
钢铁盯着眼前的一堆铜币
用了三天时间
打造了一台拖拉机
打造了一辆坦克车
打造了一座火箭发射塔
打造了一把镰刀,像弯月

在比十座高楼还大的航空母舰上
一把挖耳勺,在指挥官手上
被万米高空的卫星探测
指挥官的手—哆嗦
这把寸长的挖耳勺
掉进了汪洋大海
在深不可测的海底
梦见了镰刀,和弯月

钢铁不善交际
钢铁有一门穷亲戚

住在深山老林中
亲戚的邻居
是一块几千年前落下的陨石
钢铁始终想把它
填进夜空下的炼钢炉
铸一座雕像，如山岳

地上炉火正旺
天上火烧云映红了苍穹
钢铁扬眉吐气
钢铁走下高速公路
钢铁停在站台
钢铁驶入航站楼
钢铁紧盯着陨石的火势
自言自语：万物交替
不过如此

结篇：后记

我所在的钢厂，始建于1966年4月，属全民所有制地方钢铁企业，冶金行业中型一级。占地300余亩，有正式职工近3000人，临时工1500余人，设有电炉、转炉、轧钢、线材、型钢、制氧、机修等11个车间和铁路专运线，并有幼儿园、冶金技校、招待所、医院、食堂、图书馆、大礼堂、篮球场、家属区、单身宿舍区等辅助项目。产品主要以生产建筑钢材为主，具有年产钢锭10万吨、钢材10万吨的生产能力，是地方国营基础工业的骨干企业。作为市属大中型企业改革的试点单位，1988年元月，以"两包一挂"为内容，在全市首家通过公开招标实行承包经营，曾经红极一时。

1997年5月，市政府决定对潍坊钢厂进行破产重组，1997年10月由一家国有企业集团全面接收。企业职工一部分分流到了该集团下属的碱厂、盐厂、化肥、阀门、钢丝、橡胶、化工、焦化等十多个企业；一部分作为特殊工种进行退休，其他进行了内部退养，统一缴纳保险，发放生活费。我所在的钢厂最终没有逃脱时代的命运，破产了。在旧址上拔地而起了一个居民小区，一座座的单元楼，成为房地产开发的先驱，这是时代赋予这片土地的另一种命运。

这些在人世间曾经朝夕相处的人，自从分别之后，大部分人就再也没有见过，有些人现在在哪里，干些什么，我一无所知。有一些工友，下岗后选择了买断工龄，自谋出路，以一种逼上梁山的气势，融进了市场经济的洪流，成为时代的佼佼者。他们艰苦创业，白手起家，从无到有，从小到大，成了最早拥有小康生活的人。他们从时代虚掩着的门里，挖到了财富和葱茏，过上了自己希望过的富裕日子。当年，与我一起爱好文学的两个好友，下岗后，一个到省城创办广告公司，依着自己的勤奋和智谋，已成为省内规模最大的广告公司之一，员工上百人，在国内多个省份设有分公司。另一个选择在一家省级媒体谋职，现在已是行业内有名的记者，每年都有多篇稿件荣获国家级和省级新闻奖，在文学创作上亦很有造诣。小刘师傅开了一家摩托车修理部，然后是汽车修理厂，现在经营一家汽车4S店。张师傅开了一家小吃店，属于地方名吃，傍上了非物质文化遗产和地理标志产品的势力，已是有名的连锁加盟品牌。厂长入狱三年出来之后，在街上摆了一个雪糕摊，据说厂里的人去他的遮阳伞下买冷饮，认识的，总是微微地一愣，便装作互不相识，仿佛他手中的所卖之物。不认识的，听说后也去他的冷饮摊转转，不知道是看他的现状，还是照顾生意。

选择是决定一个人运气的关键，它指引着一个人是向北行驶，还是向南飞去。

每个人都要接受命运的安排。

在万物的光华中，一个人可以退缩成淤泥里的生命，也可以在大海的腰肌上，巍然屹立。仿佛人世间的聚散都是与生俱来的，喜与悲早已存在于时光之中，总有一天会与它命中注定的选择，在一条异乡的路途上不期而遇。

图书在版编目（CIP）数据

钢厂／孙方杰著．—济南：山东文艺出版社，2021.12
　ISBN 978-7-5329-6476-5

　Ⅰ.①钢… Ⅱ.①孙… Ⅲ.①诗集—中国—当代 Ⅳ.①I227

　中国版本图书馆 CIP 数据核字（2021）第 244477 号

钢　厂

孙方杰　著

主管单位	山东出版传媒股份有限公司
出版发行	山东文艺出版社
社　　址	山东省济南市英雄山路 189 号
邮　　编	250002
网　　址	www.sdwypress.com
读者服务	0531-82098776（总编室）
	0531-82098775（市场营销部）
电子邮箱	sdwy@sdpress.com.cn
印　　刷	山东临沂新华印刷物流集团有限责任公司
开　　本	650 毫米×960 毫米　1/16
印　　张	13.75
字　　数	157 千
版　　次	2021 年 12 月第 1 版
印　　次	2021 年 12 月第 1 次印刷
书　　号	ISBN 978-7-5329-6476-5
定　　价	49.00 元

版权专有，侵权必究。如有图书质量问题，请与出版社联系调换。